안녕, 베타

안녕, 베타

최영희
권담
이인아
경린
김란
홍유정

지음

사□계절

기획의 말

　이 책은 제1회 한낙원과학소설상 공모 수상작과 우수 응모
작을 엮은 과학소설(SF) 작품집입니다.

　한낙원 선생은 어떤 분일까요? 한낙원 선생은 작가로서 평
생 동안 과학소설을 써 온, 우리나라 청소년 과학소설의 개
척자입니다. 일찍이 1950년대 말부터 신문과 잡지에 어린이
와 청소년이 재미있게 읽을 수 있는 '과학모험소설'을 연재해
인기를 끌었지요. 선생은 "우리 어린이들이 좀 더 과학의 세
계에 흥미를 느끼고 그 길로 들어서도록 돕기 위해서"(작품집
『길 잃은 애톰』 '머리말') 과학소설을 쓰셨다고 합니다.

　우주선을 타고 날아가 금성을 탐험하고, 외계인과 로봇을
만나고, 인조인간과 힘을 합쳐 악당을 물리치는 등 한낙원 작
가가 펼치는 흥미진진한 이야기에 독자들은 환호했습니다.

요즘은 「아바타」나 「마션」 같은 SF 영화가 인기를 끌지만, 이런 영화들도 대개는 과학소설의 이야기를 바탕으로 만든 것입니다.

인간이 과학을 발전시켜 이루어 내는 세계가 얼마나 놀랍고 신기한지, 그리고 그러한 세계에서 살아갈 때 사람들에게는 어떤 일이 벌어지는지 탐구하고 보여 주는 것이 바로 과학소설이지요. 오늘의 청소년이 자라서 어른이 되었을 때, 과학소설을 꾸준히 읽었다면 변화하는 세상에 훨씬 더 잘 적응하고 현명하게 살아갈 수 있을 것입니다.

이 작품집에서는 한낙원 작가의 뒤를 이어, 새로운 후배 작가들이 상상력을 펼쳐 멋있는 이야기들을 들려줍니다. 앞으로 우리나라 과학소설계가 더 풍성해지겠다는 희망을 느낄 수 있습니다.

제1회 한낙원과학소설상 심사를 진행하면서 심사위원들은 응모작들의 수준이 만만치 않을뿐더러 그 열기와 진정성이 뜨겁게 다가와 아주 기뻤습니다. 그래서 수상작을 뽑는 데 그칠 것이 아니라 작품집을 엮었으면 하는 생각을 하게 되었습니다.

대상으로 뽑힌 「안녕, 베타」와 우수 응모작을 함께 엮은 것은 이 작품들을 어린이와 청소년 독자들이 놓치지 말았으면 하는 바람 때문입니다. 우주여행, 로봇, 인조인간, 홀로그램, 만능 고글 등 과학이 불러낸 새로운 세상에서는 과연 어떤 일이 일어날까요? 우리에게 이미 익숙한 듯하면서도 낯선 세계로 떠나는 모험을 즐겨 보세요!

어린이 청소년 과학소설 분야의 신인 작가를 발굴하기 위해 제정한 한낙원과학소설상은 월간 『어린이와 문학』을 통해 공모와 시상을 하고 있습니다. 1회에 작품을 보내 주셨던 모든 응모자 분께 감사드리며, 월간 『어린이와 문학』과 탄탄하게 작품집을 만들어 준 사계절출판사에도 감사드립니다.

2015년 12월

김이구(문학평론가), 박상준(SF평론가)

차례

안녕, 베타

제1회 한낙원과학소설상 수상작

★ 최영희

다행히 연락을 받은 건 아빠가 아니라 진아였다. 요양원 자원봉사 관리 팀장 말로는 베타가 한 시간도 안 되어 사라져 버렸다고 한다. 팀장 말이 사실이라면 베타는 출결만 확인받은 뒤 독자 행동을 한 셈이다. 대체 인간의 독자 행동은, 대체 인간 생산 업체에서 보증한 제1의 반품 및 환불 사유였다. 베타가 그 시간에 혼자 어딜 갔는지, 베타가 돌발 행동을 한 이유가 무엇인지 진아는 아무것도 몰랐다. 진아가 아는 건 베타의 일을 아빠에게 알리지 말아야 한다는 것뿐이었다.

베타를 주문한 건 순전히 아빠 뜻이었다.

"너랑 똑 닮은 대체 인간이 봉사 활동, 체험 학습, 사교 모임 같은 허드렛일을 대신해 줄 거다. 그사이 넌 시민 등급 테스트에만 전념하면 돼."

10

늘 그렇듯 아빠의 말은 통보였고, 대체 인간 생산 업체에서 파견한 디자이너들이 진아의 종아리 굵기, 유두의 크기까지 입체 스캔해 간 뒤 석 달 만에 베타가 배달되었다. 베타의 정확한 제품명은 'TXR0091-베타진아'였다. 베타의 인공 지능에 접속하여 하루 일과를 입력할 때마다 아빠는 이 말을 잊지 않았다.

"베타, 제대로 해내야 한다. 조그마한 문제라도 일으켰다간 그날로 폐기될 줄 알아."

그간의 사정이 이렇다 보니 진아는 요양원에서 일어난 일을 아빠에게 알릴 수 없었다. 그렇다고 진아가 베타를 걱정하거나 특별하게 생각하는 건 아니었다. 오히려 지금껏 '나'라고 생각했던 것들이 인공 지능, 인공 신경 체계와 골격, 단백질 폴리머 따위로 완벽에 가깝게 재현된다는 게 어이없었다.

그럼에도 진아가 베타의 일을 비밀에 부친 이유는 베타를 반품하고 새로운 대체 인간을 주문 생산하기까지 그 짜증스럽고 성가신 일들을 되풀이하고 싶지 않아서다. 원인간의 부주의가 아니라 대체 인간 자체의 결함으로 반품된 경우에는 보상 규정에 따라 원인간의 신체를 다시 스캔하여 새 모델을 제작하게 돼 있었다.

진아는 침대에 드러누운 채 베타를 지켜보았다. 베타는 대체 인간 관리국 인공 지능에 접속하여 오늘 자 활동 사항을 보고하는 중이었다.

"너 아까 어디 갔었어?"

베타는 못 들은 척 일을 마저 끝내고는 이층 침대로 휙 올라가 버렸다.

"뭐야? 대체 인간이 원인간의 말을 무시해? 야! 너 당장 내려와!"

진아는 다리를 힘껏 뻗어 이층 침대의 밑판을 걷어찼다.

"아빠 오시겠다. 목소리 좀 낮춰."

"쳇, 아빠 무서운 건 아나 보네? 너, 어디 갔는지 이실직고 안 하면 아빠한테 확 말해 버릴 거야."

"네가 고자질하지 않을 거라는 것쯤은 나도 알아."

그 말을 끝으로 베타는 지이잉 하는 작은 기계음을 내며 숙면 모드로 들어가 버렸다.

"뭐야? 방금 전까지 뻔뻔한 인간처럼 굴다가 이젠 또 기계인 척이야? 어유, 저걸 그냥!"

진아는 후닥닥 이층 침대로 올라갔다. 가슴팍이라도 한 대 쥐어박아 줄 생각이었는데, 진아는 침대 난간을 붙든 채 멈칫했다. 베타의 가슴팍이 진짜 사람처럼 오르락내리락하고 있었다. 베타를 이렇게 가까이에서 본 건 진아도 처음이었다.

10만 개 판매 기념 특별 보급판. 제품명 TXR0091-베타진아.

팔뚝에 새겨진 글귀만 아니면 베타는 평범한 열여섯 살짜리 여자애 같았다.

"쳇, 누가 보면 내 룸메이트인 줄 알겠네. 쳇 내 나는 기계 주제에."

진아는 고시랑거리다 말고 자기 자리로 돌아왔다.

이튿날, 베타는 메가시티 외곽 오염 지역에 자원봉사를 나가기로 돼 있었다.

"방호복 제대로 갖춰 입어야 한다. 너야 방호복 없이도 괜찮겠지만, 네가 오염 물질을 묻혀 오면 진아한테 해롭다. 그리고 진아 너는 모의 테스트를 보도록 해. 어떻게든 시민 등급 테스트에서 높은 등급을 받아야 한다. 아빠 네 나이 때 7등급을 받은 게 평생의 한이다. 그때 더 높은 등급을 받았더라면 더 나은 직업에 더 많은 보수에, 무엇보다 썩어 문드러진 오염 지역으로 자식을 봉사 활동 내보내는 일 따위 안 해도 되니까. 그나마 이제라도 베타가 봉사 활동을 대신해 주니 다행이다만."

대체 인간 관리국 인공 지능에 접속하여 베타의 일과를 세팅하는 내내 아빠는 잔소리를 늘어놓았다. 그렇지만 아빠가 출근한 뒤 진아는 베타를 따라나섰다.

"나 미행하는 거야?"

앞서가던 베타가 진아를 돌아보았다.

"아니. 대놓고 감시하는 거야. 너 도망가면 안 되니까. 우리 집 형편에 대체 인간은 어림도 없는데, 교육열 높으신 우리 아빠가 36개월 할부로 널 샀잖아."

"오늘 봉사 활동 갈 곳이 오염 지역이라는 거 알지?"

"알아. 방호복만 입으면 괜찮다고 들었어. 그러니까 토낄 생각 말고 어서 앞장서기나 해."

베타는 성큼성큼 앞서갔다. 다리 길이는 진아와 같지만 베타는 보폭이 크고 걸음도 빨랐다.

오염 지역은 최근까지 건축 폐자재가 쌓여 있던 곳이다. 메가시티 쪽에서 폐자재를 빈민가 건축 자재로 사용하도록 허가해 주면서 강화 유리와 합금 패널, 자가 치유 콘크리트를 비롯한 온갖 폐자재가 순식간에 사라졌다. 하지만 그 일대에서는 여전히 녹슨 쇳내가 진동했다. 무인 공사차들이 표토 제거 작업을 하는 동안, 학생 자원봉사자들은 표토 성분을 분석하고 기형적인 식물군이 있는지 조사하면 되었다.

관리인이 방호복을 두 벌 꺼내 주었다.

"굳이 하겠다면 말리진 않겠다만, 대체 인간과 원인간이 같이 왔다고 해서 봉사 점수를 두 배로 쳐주지는 않을 거다."

"괜찮아요."

진아는 얼른 방호복을 입고 베타를 쫓아갔다.

독성 포자를 퍼뜨리는 자주색 이끼를 조사하던 베타는 한 시간쯤 지나자 자리를 옮겼다. 진아도 하던 일을 멈추고 베타를 쫓았다. 베타는 이끼 지역을 지나 한참을 가더니 키가 웃자란 풀밭으로 걸어 들어갔다. 그러고는 관리 사무소 쪽을 잠시 돌아보다가 방호복을 벗어 던지고는 풀밭을 내달리기 시작했다.

"야!"

진아가 불렀지만 베타는 돌아보지 않았다. 방호복 무게 때문에 자꾸 뒤처지던 진아는 결국 발을 헛디뎌 풀밭 사이의 녹물 웅덩이로 곤두박질치고 말았다. 웅덩이 깊이는 진아의 허리 정도밖에 안 됐지만, 문제는 웅덩이 바닥이 뻘이라는 점이었다. 다리를 짚어 가며 겨우 상체는 일으켰지만 이미 깊숙이 빠져 버린 부츠를 빼낼 길이 없었다. 부츠까지 일체형인 방호복이라 부츠만 따로 벗을 수도 없었다. 진아는 헬멧을 벗어서 던져 버리고는 소리쳤다.

"베타! 어디 있어? 나 좀 도와줘."

그러나 진아의 외침은 풀숲에 골을 내며 지나가는 바람 소리에 묻혀 버렸다. 이끼의 독성 포자가 바람에 묻어 왔는지 코와 눈이 따끔거리고 기침이 났다. 상체를 비틀며 넘어지면 손이 웅덩이 가장자리 풀숲에 닿을 것도 같았다. 그러나 뻘 속으로 자꾸만 빨려 들어가는 두 다리 때문에 자칫하다간 반대 방향으로 넘어질 수도 있었다. 진아는 방호복의 버클을 차례로 풀었다. 지금으로선 방호복을 통째로 벗어 버리고 뻘을 빠져나가는 수밖에 없었다.

팔과 몸통을 빼낸 뒤 방호복을 허리 아래로 내렸다. 왼발잡이인 진아는 오른발부터 빼낼 작정이었다. 왼발에 무게 중심을 두고 오른발을 빼내려는데, 부츠의 발등 부분이 생각보다

빡빡했다. 왼손으로 오른쪽 무릎을 지탱하고, 오른손으로 부츠의 종아리 부분을 움켜쥐던 진아는 끝내 웅덩이에 처박히고 말았다. 흙내 가득한 흙탕물이 입으로 코로 마구 들어왔다. 베타, 어디 간 거야? 오른쪽 정강이와 무릎 부분이 뻘 아래로 가라앉고 있었다. 숨이 막혀서 울 수도 없었다.

그때였다. 누군가 진아를 풀숲 쪽으로 잡아당기기 시작했다. 방호복 윗도리를 잡아끄는 느낌에 진아도 기를 쓰고 그쪽으로 몸을 틀었다. 팔이 뻘에서 빠져나오자 진아는 구부정하게나마 상체를 돌릴 수 있었다. 그 순간 진아와 베타의 눈이 마주쳤다. 베타는 지금껏 움켜쥐고 있던 방호복을 놓고 진아의 손을 잡아끌었다.

가까스로 웅덩이를 빠져나온 진아는 베타의 뺨을 후려쳤다.

"나는 네 원인간이야. 너한테 얼굴도 줬고, 나이도 줬고, 이름도 줬다고! 그런데 달아날 궁리를 해, 이 나쁜 년아? 아빠한테 오늘 당장 반품해 버리라고 할 거야, 망할 년!"

베타는 진아의 악다구니를 고스란히 뒤집어쓰고 있었다.

진아는 대체 인간을 제대로 간수하지 못하고 위험 지역을 함부로 쏘다녔다는 이유로 관리인에게 혼쭐이 났다. 짤막한 반성문을 쓰고 봉사 점수를 외려 5점이나 감점당한 뒤에야 집으로 돌아갈 수 있었다.

메가시티 도심을 지나는데 저만치 건물 옥상에 인간 형상 홀로그램들이 뛰어다니는 게 보였다. 대체 인간 광고였다.

16

혼자서는 감당하기 버거운 삶, 대체 인간이 도와드립니다. 고효율, 고생산성, 당신의 능력 수치를 극대화할 또 하나의 당신. 지금 바로 문의하십시오.

건물 외벽 전광판에는 광고문이 번뜩였다. 평소에는 무심히 보았던 광고가 오늘따라 진아의 눈길을 잡아챘다. 또 하나의 당신이라는 말은 거짓이었다. 아까 녹물 웅덩이에서 베타의 손을 잡았을 때 진아가 본 것은 그저 진아를 본떠 만든 대체 인간의 눈빛이 아니었다. 난처함과 염려가 갈마들던, 미안해서 어쩔 줄 모르던 타인의 눈길이었다. 베타는 진아의 대체물이 아니라 전혀 다른 존재, '남'이었다. 그건 34개월이나 남은 할부금과는 눈곱만큼도 어울리지 않는 깨달음이었다. 베타가 단순한 기계가 아니라 '타인'이라 명명할 만한 무엇이라면, 베타와 함께 지낸 두 달도 송두리째 재해석되어야 한다. 대체 인간이 프로그래밍된 업무를 수행한 게 아니라, 베타라는 아이가 진아를 대신해 수학여행을 가고, 워크숍을 하고, 밤마다 이층 침대 위 칸을 차지하고 있었던 것이다.

진아는 병원에 들러 피부약을 처방받았다. 쇳물 웅덩이 때문인지 독성 포자 때문인지 한쪽 뺨과 손등이 벌겋게 부풀어 올랐다. 의사는 베타에게도 약을 주었다. 베타의 피부에 남아 있는 오염 물질을 씻어 낼 단백질 폴리머 소독제였다. 몇 년째 같은 의사에게 진료를 받은 터지만, 오늘따라 진아는 여태 의사의 맨팔을 한 번도 못 봤다는 사실이 마음에 걸렸다.

"선생님, 선생님도 혹시 대체 인간이에요?"

진아가 의사의 팔뚝을 가리키며 물었다.

"대체 인간? 길어야 삼 년밖에 못 쓰는 기계 인간을 뭐하러 사? 나 혼자 일해도 먹고살 만큼은 버는데."

의사는 양쪽 소매를 걷어 보이며 눈을 찡긋했다. 의사의 팔에는 시커먼 털이 수북할 뿐, 제품명 따위는 찍혀 있지 않았다.

병원을 나서며 베타가 진아의 손을 붙잡았다.

"괜찮……아? 아까는 정말 미안해. 어떻게 된 건지 설명……."

"됐어. 사람인 척 그만해."

진아는 베타의 말을 끊어 버렸다.

밤늦게 돌아온 아빠는 진아가 오염 물질에 노출됐다는 사실과 봉사 점수가 깎였다는 걸 알아차렸다.

"이 망할 놈의 중고품!"

화가 난 아빠는 베타에게 야구방망이를 휘둘렀다. 베타는 두 팔로 머리를 감싸며 거실 구석에 쭈그려 앉았다. 진아가 팔을 벌려 아빠를 가로막았다.

"그만해, 아빠. 제발 그만하라고! 나 때문이라니까. 내가 기형 식물을 찾으려고 풀밭 깊숙이 가자고 꼬드겼어."

진아는 아빠 손에서 야구방망이를 빼앗았다. 분이 풀리지 않은 아빠는 대체 인간 관리국 인공 지능에 접속하여 베타의 반품 절차를 밟으려 했다.

"반품은 안 돼. 베타는 내가 시킨 대로 했을 뿐이야. 그리고 웅덩이에서 날 구한 것도 베타였어. 쟤 아니었으면 아빠 딸 죽었을지도 모른단 말이야."

그제야 아빠는 화를 누그러뜨렸다. 대체 인간은 프로그래밍된 작업보다 원인간의 직접 명령을 우선시한다는 걸 아빠도 아는 터라 일은 그쯤에서 마무리되었다. 대신 진아는 밤늦도록 모의 테스트를 봐야 했다. 아빠는 인공 지능 학습 도우미 옆에 팔짱을 끼고 앉아 진아의 테스트를 지켜보았다. 진아가 까다로워하는 법원 판례 해석 문제가 나오지 않아서, 지난번보다 등급이 한 단계 올랐다.

늦은 밤, 진아는 이층 침대의 밑판을 걸어찼다.

"야, 아까 많이 아팠어?"

베타는 대꾸가 없었다.

"안 자는 거 다 알거든."

수면 모드로 들어갈 때의 작은 기계음이 들리지 않았던 것이다.

"괜찮아. 인공 지능이 다치지 않았기 때문에 업무 수행 능력에는 이상이 없어."

"지금 그걸 묻는 게 아니잖아. 억울하고 속상하지 않았느냐고!"

진아는 침대 사다리를 타고 올라가 베타의 침대 난간에 걸

터앉았다.

"내가 괜히 따라가서……. 물론 네가 달아날까 봐 감시 차원에서 간 거지만, 어쨌든 미안해."

"미안해할 것 없어. 그리고…… 반품 막아 줘서 고마워."

베타가 돌아누우며 말했다.

진아는 베타가 수면 모드로 들어가 버릴까 봐 베타의 등을 쿡쿡 찔렀다.

"반품될까 봐 걱정했어?"

"아니. 네가 막아 줄 줄 알았어."

"그걸 어떻게 알아?"

아무 대답이 없던 베타가 침대에서 일어나 앉았다. 그러고는 제품명이 새겨진 팔뚝을 진아 앞에 내밀었다.

"난 특별 보급판이야. 특별 보급판은 보통 대체 인간의 반값이야. 그건 내가 리뉴얼된 대체 인간이라는 뜻이야. 쉽게 말해서 중고품. 너한테 오기 전에 난 다섯 명의 원인간을 만났어. 나이도 다르고, 성별도 다르고, 사는 곳도 다 달라. 하지만 그 애들은 한 가지 공통점이 있었어. 내가 맘에 안 들어도 반품은 바라지 않는다는 거. 심지어 날 괴롭히고 못살게 굴던 애조차도 그랬어."

잠시 후 베타는 지이잉 하는 기계음과 함께 잠들어 버렸다.

진아는 손거울을 가지고 베타의 침대로 다시 갔다. 베타는 진아가 자기 옆에 눕는 것도 모르고 잠들어 있었다. 진아는 거울로 베타의 얼굴과 자기 얼굴을 번갈아 비춰 보았다. 짙고 일직선인 눈썹과 기름한 눈매, 짧고 동그스름한 콧잔등, 이목구비를 뜯어보면 둘은 분명 똑같았다. 그럼에도 둘은 달랐다. 진아의 이마에는 여드름이 세 개 돋아 있었지만 베타의 이마는 말끔하기만 했다. 진아는 지난달에 귀를 뚫었지만 베타의 귀는 그대로였다. 여름이 지나면서 진아는 볼살이 쭉 내려 얼굴선이 베타보다 조금 더 갸름했다. 진아는 나날이 모습이 변해 갔지만, 베타는 출고 당시의 모습에서 조금도 달라지지 않았다.

대체 인간의 유효 기간은 성인의 경우는 3년, 어린이나 청소년의 경우에는 1년이었다. 대체 인간 기술은 한 인간의 외형을 그대로 복제해 냈지만 그게 다였다. 인간이 자라고 늙고 변해 가도 대체 인간은 생산 당시의 모습을 유지했다. 그 때문에 대체 인간은 일정 시간이 지나면 폐기되었다. 폐기된 대체 인간은 새로운 신체 디자인으로 재조립되어 판매되었다. 베타가 말한 것처럼 중고품으로 유통되는 것이다.

진아가 아는 바로는 대체 인간은 리뉴얼 과정에서 인공 지능도 리셋된다. 새로운 원인간에 맞춘 새 자아를 지니는 것이다. 그런데 베타는 자신이 다섯 명의 원인간을 거쳐 왔다 했고, 그들을 죄다 기억하는 눈치였다. 어쩌면 베타가 자꾸 어디로 사라지는 게 그 기억과 관계있을지도 모른다. 뭐가 됐건 베타의 리뉴얼 과정에 오류가 있었던 게 분명하다.

"뭐야, 잘난 척은 혼자 다 하더니 불량품이었어?"

진아는 잠든 베타를 바라보았다. 다섯 번 죽고 여섯 번째 태어난 베타는 또 하루씩 죽음에 가까이 간다. 시민 등급 테스트가 끝나면 아빠는 베타를 중고 시장에 팔아 버릴 터였다.

다음 날은 한 달에 한 번 학교에 가는 날이었다. 평소에 홀로그램으로 만나던 담임과 반 친구들을 실제로 만나는 날이기도 했다. 대체 인간을 둔 아이들은 그 하루마저도 대체 인간을 대신 출석시켰기 때문에, 등교 수업 날 학교에 온 아이들 반 이상이 대체 인간이었다. 진아는 베타를 데리고 학교에 갔다. 아빠는 얼굴에 부기가 남았으니 베타만 보내라고 했지만, 진아는 담임이 보고 싶다는 핑계로 베타를 따라나섰다.

"오늘도 도망칠 거야?"

학교 앞에서 진아가 물었다.

"어. 그렇지만 네가 돌아오라면 돌아올 거야. 넌 내 원인간이니까."

"거짓말. 저번에 요양원 봉사 때도 혼자 달아났잖아. 그리고 어제도 혼자 내빼 놓고선."

"돌아왔잖아. 요양원 봉사 가던 날 네가 그랬어. 빨리 갔다 오라고. 그래서 돌아왔어. 어제도 네가 부르는 소릴 듣고 돌아왔어."

베타의 말을 듣고 나니 진아는 뭔가 맘이 놓이는 것 같았다. 달아날 궁리를 하면서도 베타는 번번이 돌아왔으니까.

"그럼 오늘은 어디로 튈 참이야? 내가 알면 안 돼?"

"네가 물으면 답해 줄 수 있어. 넌 내 원인간이니까."

"좋아. 그럼 네 원인간으로서 명령할게. 오늘은 나도 데려가. 난 도서관에 있을 테니까, 넌 출석만 확인한 뒤 도서관으로 와. 담임한테는 도서관에서 자료를 찾겠다 그러면 돼. 네가 대체 인간이라는 걸 알면 바로 보내 줄 거야. 우린 도서관에서 만나 사람들 몰래 학교를 빠져나갈 거야."

"학교는 출입 절차가 아주 까다로운 곳이야."

베타가 난감해하는 표정을 보이자 진아는 피식 웃음이 났다.

"너 같은 기계 따위가 인간의 유구한 역사를 알 리가 없지. 원래 세상 모든 학교에는 개구멍이 있게 마련이야. 선생들은 모르는 비밀 통로 말이야."

둘은 계획대로 도서관에서 다시 만났다. 도서관 2층 역사책 서가 창문 너머는 학교 담벼락이었다. 창틀과 담벼락 사이에 1미터 폭의 허공이 있긴 하지만, 마음만 먹으면 건널 수 있는 너비였다. 먼저 담벼락으로 건너간 베타가 진아의 손을 잡아 주었다. 담벼락 위쪽에 파르스름한 센서 등이 켜졌지만, 경보음이 나거나 관리인이 뛰어오지는 않았다. 학교 담벼락에서 뛰어내린 진아와 베타는 뒤도 돌아보지 않고 달렸다.

진아는 베타를 따라 지금껏 한 번도 가 본 적이 없는 지역으로 들어섰다. 3D 프린터 전용 카트리지 생산 지구를 지나고 온실 재배 단지를 지나자 작은 골목들이 갈래 져 있고 건물들이 마구잡이로 들어선 뒷골목이 나타났다. 말로만 듣던 빈민 가였다. 시민 등급 테스트에서 최하위 등급을 받은 사람들이 모여 사는 곳이었다.

메가시티의 부모들은 아이들이 공부를 안 하거나 게으름을 피울 때마다 빈민가를 들먹였다. 너 그러다 10등급 마을 사람 된다! 진아는 제 눈앞에 펼쳐진 광경을 믿을 수 없었다. 그런 진아에게 현실감을 주려는 듯 바람을 타고 비릿한 악취가 훅 끼쳐 왔다. 손보지 않아 군데군데 허물어진 집들 사이사이에 오염 지역에서 가져온 폐자재로 보이는 강화 유리, 철근 따위 가 무더기로 쌓여 있었다. 아이들은 맨발로 녹물 웅덩이 옆을 아무렇지도 않게 뛰어다니고 있었다. 진아는 이 빈민가와 메 가시티 도심이 동시대의 공간이라는 게 믿기지 않았다.

"기를 쓰고 가려던 데가 고작 여기야?"

비아냥거리는 척했지만 사실 진아는 겁이 났다. 왜 아빠가 그토록 시민 등급 테스트에 연연해하는지 알 것도 같았다. 진 아의 속내를 읽은 베타가 진아의 손을 잡았다.

"떨 거 없어. 이 사람들은 그냥 이 동네 주민들이야."

베타는 진아를 데리고 빈민가 깊숙이 들어갔다. 녹슨 철제 대문 집 앞을 지날 때였다. 빈민가 하늘 위에 메가시티 경찰 국의 드론이 나타났다. 우웅 파오! 우우웅 파오! 드론 소리가 점점 가까워졌다.

"우릴 찾고 있는 걸 거야."

베타가 철제 대문 집 처마 아래로 진아를 끌어당기면서 말했다.

"우릴? 드론이 왜?"

"너희 아빠가 대체 인간 관리국 인공 지능에 감시 요청을 한 모양이야. 아까 학교 담벼락에 있던 센서가 나를 감지했을 거야. 대체 인간의 심장에는 외부에서 제품명을 인식할 수 있는 바이오칩이 심어져 있거든. 여기 빈민가에 악차이라는 할아버지가 있어. 그 할아버지를 찾아가면 바이오칩을 제거해 준대."

"네가 그걸 어떻게 알아?"

"너 같은 원인간이 중고품 대체 인간의 유구한 삶과 죽음을 알 리 없지. 나처럼 살고 죽기를 반복하다 보면 알게 되는 것들이 많아."

베타가 진아의 말투를 흉내 내며 웃었다. 진아는 그 웃음이 왠지 서먹했다. 베타가 농담도 하고 웃을 줄도 아는 아이였나. 웃음이래 봐야 단백질 폴리머로 만들어진 피부 근육을 인공적으로 움직이는 것에 지나지 않는다는 걸 아는데도, 베타의 웃음은 진짜 같았다.

"난 악차이 할아버지를 찾아갈 거야."

"바이오칩을 제거하고 달아나려고?"

"어. 물론…… 네가 반대하면 하지 않을 거야."

빈민가 위를 선회하던 드론이 거리 곳곳에 진아의 홀로그램을 구현하기 시작했다.

열여섯 살 여학생의 모습을 한 대체 인간이 이 마을에 숨어들었다. 대체 인간을 발견한 자는 곧장 메가시티 경찰국에 신고하라. 협조한 자에게는 포상이 주어질 것이다.

드론이 방송을 내보냈다. 베타와 진아는 건물과 건물의 처마가 겹쳐진 골목을 따라 이동했다.

"하나만 묻자."

진아가 가쁜 숨을 몰아쉬며 말했다.

"말썽을 일으킨 대체 인간이 메가시티 경찰한테 붙잡히면 어떻게 돼?"

"영구 해체 돼. 뇌의 인공 지능을 폭파해 버리거든. 나머지 부품들이야 재활용될지도 모르지."

베타의 무심한 대답에 진아는 우뚝 멈춰 섰다.

"영구 해체라면…… 죽는 거야? 리뉴얼이 아니라 아예 죽는 거야?"

베타가 고개를 끄덕였다. 진아는 베타의 몸을 훑어보았다. 베타의 몸은 수백 개의 부품과 몇십 킬로그램의 단백질 폴리머로 만들어졌다. 하지만 기계 부품과 인공 살점의 조합이 베타는 아니다. 베타는 온갖 부속품이 우연과 필연으로 빚어낸 총체였고, 세상에 하나뿐인 존재였다. 달아날 궁리를 하다가

26

도, 웅덩이에 빠진 원인간을 구하기 위해 되돌아오던 바보 같은 녀석일 뿐이었다.

"바이오칩을 제거한 뒤에는 뭘 하고 싶은데?"

"악차이 할아버지한테 부탁해서 다시 한 번 리뉴얼해 달라고 할 거야. 지금과는 다른 모습으로."

"어떤 모습?"

"구체적으로 바라는 건 없어. 그냥 사람들 눈에 띄지 않는 평범한 외모면 돼. 쫓겨 다니지 않고 사람들 틈에 묻혀 지내고 싶어. 그래야 내가 누군지, 앞으로 어떻게 살아야 할지 생각할 시간이 생길 테니까."

베타의 눈에 쓴웃음이 맺혔다. 진아는 지금껏 잡고 있던 베타의 손을 놓았다. 아빠가 갚아야 할 할부금이 얼만지도 알고 있었다. 대체 인간 없이 시민 등급 테스트를 치르는 게 얼마나 불리한 조건인지도 잘 알고 있었다. 부모의 경제력도 합법적인 경쟁의 조건이라는 자유주의 교육의 슬로건을 익히 아는 터였다. 시민 등급이 높은 부모 밑에서 자라는 아이들이 두세 명의 대체 인간을 두고 있다는 건 공공연한 비밀이었다. 그들은 레이싱 크루처럼 팀으로 움직였다. 그 모든 걸 알지만 진아는 베타의 손을 놓을 수밖에 없었다.

"그럼 가. 악차이 할아버지를 찾아가. 가서 바이오칩도 빼 버리고, 네가 바라는 모습으로 다시 시작해. 그리고 이건 명령인데…… 꼭 살아남아서 나 보러 와야 돼. 난 네 원인간이니까.”

베타의 눈빛이 파르르 떨리고 있었다.

“진아야…….”

“잘 가, 베타.”

진아는 그 말을 남기고 돌아섰다.

오늘부터 많은 걸 감당해야 할 것이다. 아빠의 분노는 쉽게 잦아들지 않을 것이며, 1년도 남지 않은 시민 등급 테스트에서도 좋은 성적을 기대하기 어려울 터였다. 그렇지만 진아는 그게 본래 자기 모습이라는 걸 알고 있었다. 불과 두 달 전까지만 해도 진아 혼자 감당하던 삶……. 이층 침대 위 칸을 쓰던 룸메이트가 사라진다는 것 말고는 특별히 달라질 일도 없었다.

“진아야!”

베타가 부르는 소리가 들렸지만 진아는 빈민가 복판을 향해 힘껏 내달렸다. 천막집 앞에서 콧물을 훔치고 섰던 꼬마가 진아를 가리켰다.

“저기 있다! 홀로그램이랑 똑같은 대체 인간이다!”

꼬마의 외침에 여자들 몇이 몰려왔다. 진아는 멀리 빈민가 바깥 온실 지구 쪽으로 뛰었다. 사람들은 기를 쓰고 진아를 쫓아왔다. 온실 지구에 접어들 즈음에는 진아도 숨이 가빠 더는 뛸 수가 없었다. 결국 진아는 온실 지구를 벗어나기 전에 붙잡히고 말았다. 진아가 정말 대체 인간인지 아닌지, 진아의 혐의가 뭔지는 사람들의 관심 밖이었다. 그들에게 진아는 그저 며칠의 생존을 보장해 줄 일거리에 지나지 않았다. 사람들 발길에 마구 차이면서 진아는 아빠에게 얻어맞던 베타를 떠올렸다. 손으로 머리를 감싼 채 웅크리고만 있던 녀석……. 바닥에 쓰러진 진아 곁으로 웬 꼬마가 다가와 침을 뱉었다.

"이야, 우리가 잡았어! 엄마, 이거 얼마짜리야?"

앞니 빠진 꼬마가 헤벌쭉 웃었다.

진아는 목 안이 뜨거워졌다. 지금껏 베타가 겪어 온 인생들이 어땠을지 짐작이 갔다. 흠씬 얻어맞고, 자기 뜻과는 상관없이 값이 매겨졌을 터였다.

경찰국에 끌려간 진아는 자신이 진짜 인간이라는 걸 밝혔다. 경찰들은 어이없는 얼굴로 대체 인간의 행방을 물었다.

"꼴 보기 싫어서 내가 쫓아 버렸어요. 내 눈앞에서 당장 꺼지라고 명령했어요."

원인간인 진아의 직접 명령이 있었다고 확인된 이상 베타를 체포할 구실은 없었다. 경찰이 베타를 수배하려면 베타와 진아의 계약 기간이 끝나는 내년까지 기다려야 했다. 그때쯤 베타는 바이오칩을 제거하고 전혀 다른 누군가의 모습으로 살고 있을 터였다.

아빠의 마음을 풀어 주는 일은 경찰국에서 조사받는 일보다 곱절 어려웠다. 아빠의 노여움이 신세 한탄으로, 원망으로, 다시 체념으로 변해 가는 동안 진아는 숨죽인 채 시민 등급 테스트에 몰두했다. 그것 말고는 할 수 있는 게 없었다. 베타의 도움이 아쉽거나 문득 방이 휑하게 느껴질 때면 베타의 침대에 걸터앉아 구시렁거렸다.

"까짓 거, 내가 다 하지 뭐. 알파인간, 베타인간, 감마인간, 오메가인간까지 내가 다 하면 되잖아. 베타진아? 얼어 죽을. 세상에 베타진아가 어디 있어?"

진아는 베타를 악차이 영감에게 보내길 잘했다고 생각했다. 베타를 공장으로 보냈다면 이층 침대의 빈자리는 허전함이 아니라 구질구질한 악몽이 됐을 터였다. 진아는 베타의 원주인들이 왜 베타의 반품만은 반대했는지 알 것 같았다. 그 애들도 베타가 단순한 기계가 아니라는 걸 알아차린 것이다. 싫든 좋든 룸메이트를 끔찍한 공장으로 돌려보내고 싶어 하는 아이는 없을 터였다. 그렇지만 그 아이들은 결국 베타를 보내야 했다. 베타보다 훌쩍 키가 자란 아이들에겐 새로운 대체인간이 필요했을 테니까.

그렇게 베타는 떠났고, 진아는 혼자서 시민 등급 테스트를 치렀다.

진아는 아빠와 같은 7등급을 받고, 졸업과 동시에 3D 프린터 카트리지 공장의 감독관이 되었다. 로봇들의 작업 속도와 작업량을 기록하고, 주문량에 맞춰 생산 일정을 짜는 게 진아의 일이었다. 공통 학교 친구들 가운데 높은 등급을 받은 아이들은 관료 학교에 진학하거나 엔지니어가 되어 각종 연구소에 취직했다. 진아가 그 애들을 부러워하는 건 관료 학교나 연구소에는 사람들이 있기 때문이었다. 진아는 종일토록 혼자 공장 안에 처박혀 있어야 했다. 공장의 전체 시스템을 관리하는 인공 지능이 간간이 말벗이 되어 주었지만, 진아가 정말 바라는 건 누군가와 마주 보고 눈을 맞추는 일이었다.

공장 일이 무미건조하고 적적하다고 푸념할 때마다 아빠는 베타 이야기를 꺼냈다.

"거 봐라. 네가 벌인 일을 후회할 날이 올 거라 그랬지? 이게 다 네가 베타를 쫓아 버린 탓이다."

진아는 아무 대꾸도 할 수 없었다. 베타가 사라져 버린 뒤에도 베타의 할부금 고지서는 꼬박꼬박 날아왔고, 아빠는 무용한 빚을 갚느라 잠을 줄여 가며 일했다.

가끔씩 진아는 다시 열여섯 살 그때로 돌아간다면 베타를 보내 줄 수 있을지 생각해 보았다. 몇 년 전까지만 해도 당연히 보내 줬을 거라고 쉽게 말했는데, 언제부턴가는 그마저도 자신이 없었다. 서로를 원인간, 대체 인간이라 부르며 이층 침대를 나눠 쓰던 그 시절의 이야기도 고전 동화의 삽화들처럼 차츰 흐릿해졌다.

오늘도 진아는 저녁 일곱 시에 퇴근했다. 공장을 자동 경비 시스템으로 돌려놓고 실내 주차장으로 나갈 때였다. 저만치에서 웬 사내가 진아 쪽으로 걸어오고 있었다. 보통 키에 보통 체격, 어디서 본 듯한 인상의 사내였다. 진아가 아는 한 감독관의 허락 없이 공장 안에 들어올 수 있는 사람은 없었다. 진아는 윗옷 주머니에서 레이저 충격기를 꺼내 사내에게 겨누었다.

"당신 뭐야? 자동 경비 구역에 어떻게 들어온 거지?"

그러나 사내는 성큼성큼 다가와 진아의 눈을 빤히 들여다보았다.

"이봐, 아가씨. 아직 뭘 모르나 본데, 개구멍은 애들 학교에만 있는 게 아니라고."

그가 웃었다.

제1회 한낙원과학소설상 수상 소감

SF를 쓰는 가장 큰 즐거움은 새로운 세계관을 만든다는 사실입니다. 그 세계를 지배하는 철학은 무엇이며, 그 세계의 자연·과학 환경은 어떠하며, 구성원과 계급은 어떤지, 사람들은 무엇을 위해 싸우고 무엇을 뜨겁게 지키려 하는지……. 레고 블록을 쌓듯 낯선 세상을 만들어 가다 보면, 머잖아 그 누구도 상상하지 못한 세상이 나타나리라는 기대감에 가슴이 뜁니다. 그러나 막상 그 세계를 스케치해 놓고 보면, 오늘 내가 속한 세상과 그리 다르지 않아서 어리둥절해하곤 합니다. 결국 SF도 인간에 관한 이야기, 인생에 관한 이야기이며, 문학이라는 근원적인 깨달음으로 돌아오는 것입니다.

낯섦을 향한 기대치와 문학적 완성도, 그 팽팽한 긴장 속에서 서투르지만 꿋꿋하게 정진하겠습니다. 선배 SF 작가분들 작품도 부지런히 찾아 읽고 배우겠습니다.

생전에는 모험 가득한 SF 작품들을 써 주셨고, 이제는 '한낙원과학소설상'으로 후학들을 격려해 주시는 고(故) 한낙원 선생님께 감사의 마음을 전합니다. 이토록 멋진 문학상을 만들어 주신 유족분들, 『어린이와 문학』 관계자분들, 정말 고맙습니다. 끝으로 내 어릴 적 동무였던 다스 베이더, 멀더, 스컬리, 존 코너, T-1000에게도 사랑한다는 말을 전합니다.

전설의 동영상

수상 작가 신작

★ 최영희

쉬는 시간이었다.

"뚱뚱하다고 놀리지 말랬지? 너 자꾸 이러면 우리 형한테 다 이를 거야."

유도부 에이스 균일이가 울먹이며 교실을 뛰쳐나갔다.

"다 일러바쳐라. 이 고자질쟁이 뚱땡아!"

훈태는 균일이의 뒤통수에 대고 혀를 쑥 내밀었다.

창틀에 앉아 둘을 지켜보던 동혁이는 혀를 찼다.

"저것들이 미쳤나?"

동혁이는 지금 이곳이 남자중학교 2학년 교실이라는 사실을 믿어야 할지 말아야 할지 난감했다. 사실 이건 예견된 참사다. 칩 시술 안내문 귀퉁이에 '부작용으로 일시적인 퇴행' 어쩌고 하는 구절이 있었던 것이다. 칩 시술 전 균일이는 오만상을 쓰고 다니며 작은 애들을 자빠뜨리던 애였다. 훈태로 말할 것 같으면 친구들 성씨 대신 시바를, 조사와 어미 대신 좆까를 쓰던 애였다. 그랬던 애들이 어린애처럼 주먹으로 눈을 가리고 울거나 동심 가득한 어휘를 구사하고 있다.

부작용을 겪지 않는 애들도 참담한 상태이긴 마찬가지였다. 칩 시술 이후로 교실 분위기가 달라졌다. 수업 시간에 엎드려 잔다거나 선생님 말에 토를 다는 일은 상상할 수도 없었다. 선생님이 소리를 지르고 부모님을 들먹여도 꿈쩍도 않던 애들이 이제는 선생님의 눈빛만으로도 완벽하게 통제되었다.

쉬는 시간에는 차분한 분위기 속에 해괴한 구어체들이 오갔다. 아무개야, 내가 영어 교과서를 깜빡하고 두고 왔지 뭐냐. 잠깐만 빌려줄 수 있겠니? 아무개야, 네가 부탁하는데 당연히 빌려줘야지. 그런데 다음부턴 교과서를 좀 꼼꼼하게 챙기는 게 좋겠다…….

수업 시작종이 울렸다. 동혁이는 얼른 창틀에서 뛰어내려 자기 자리로 갔다. 웬만해선 선생들 눈 밖에 나지 않는 편이 좋았다. 다들 유치하게 미치거나 늙수그레하게 미쳐 가는데 동혁이만 멀쩡했다. 그 이유가 무엇이든 동혁이는 자신의 상태를 비밀에 부쳐야 한다는 걸 직감적으로 알고 있었다. 다행히 동혁이는 남들 눈에 띄지 않는 재주 하나만큼은 탁월했다. 창틀의 먼지처럼 납작 엎드려 있기. 그건 키 150센티미터에 몸무게 40킬로그램의 몸으로 중학교에 입학하던 날, 동혁이가 가슴 깊이 새긴 좌우명이었다.

하루 일과 중 가장 감당하기 벅찬 시간은 점심시간이었다. 오늘도 동혁이는 식판을 앞에 두고 멍하니 앉아 있었다. 김치가 맵다고 징징거리는 훈태와 균일이, 콜레스테롤 수치를 걱정하며 소시지 채소 볶음에서 소시지만 발라내는 반장, 그 틈에서 동혁이는 외로운 섬이었다.

"동혁이 너 안색이 안 좋구나. 어디 불편한 데라도 있니?"

반장이 국에 밥을 말다 말고 물었다. 옆에 있던 균일이도 거들었다.

"동혁아, 감기 걸렸어? 너 어젯밤에 양치질 안 하고 잤지?"

이 새끼들아, 이게 다 너희들 때문이야! 왜 한꺼번에 미쳐 가지고 보는 사람까지 돌게 만드냐! 동혁이는 소리치고 싶은 걸 간신히 참고서 일어섰다. 결국 동혁이는 손도 대지 않은 식판을 정리하고, 매점에서 빵과 사이다를 사서 운동장으로 나갔다.

거기, 농구장 옆 벤치에 운명처럼 그 녀석이 있었다. 먹다 만 햄버거와 콜라를 옆에 두고, 꼬깃꼬깃한 종잇장에 정신이 팔려 있는 그 애는 5반 오준구였다. 직접적인 친분은 없지만 동혁이와 준구는 서로를 알고 있었다. 칩 시술 전 화장실 소변기 앞에서 본의 아니게 통성명을 했던 터다.

"시바준구, 시바동혁이! 늬들 오줌발 내기나 함 해 봐."

물론 다 훈태 덕이었다.

그날의 오준구를 벤치에서 다시 만나게 된 것이다. 동혁이는 손이 떨려 빵과 사이다를 떨어뜨리고 말았다. 오준구가 쥐고 있는 건 너덜너덜한 누드 화보였다. 그건 사회 지도층이나 임신 허가를 받은 성인들만 접근할 수 있는 물건이었다. 화보 속 모델 누나의 자태는 더할 나위 없이 풍만했다. 하지만 이 순간 동혁이의 가슴을 이토록 두근거리게 하는 건 모델 누나가 아니었다. 그건 기어들어 갈 기세로 화보를 보고 있는 오준구였다.

　"오준구 너, 설마……."

　동혁이의 손끝이 화보와 오준구를 번갈아 가리켰다. 그제야 준구도 벌떡 일어나 동혁이를 보았다. 금지된 화보를 보다가 들켜서가 아니었다.

　"송동혁, 너도?"

　동혁이가 알아본 걸 준구 역시 알아차린 것이다. 둘은 서로 얼싸안고 빙빙 돌았다.

　동혁이는 숨통이 트이는 것 같았다. 왜 칩을 뇌에 박아야 했는지, 대체 애들이 왜 저 모양으로 변해 버렸는지 함께 이야기 나눌 상대가 생긴 것이다. 준구는 준구대로, 세상에 존재하지 않는 것처럼 치부되는 은밀한 욕구에 대해 허심탄회하게 토론할 사람이 생겼다는 사실에 감격스러워했다. 반달눈에 보조개가 예쁜 성당 누나를 짝사랑하는데 왜 꿈에는 D컵 가슴의 금발 누나들이 등장하는지, 왜 방에 티슈가 떨어지면 불안하고 수시로 방문을 걸어 잠그는지 동혁이 앞에선 감추지 않아도 되었다.

둘은 학교 안에서는 서로 알은척하지 않기로 약속했다. 칩의 영향을 받지 않은 애 둘이 뭉쳐 다녔다간 남들의 시선을 끌지도 모르기 때문이다.

그러나 평화로운 날은 그리 오래가지 못했다. 열흘쯤 지난 어느 날, 준구가 사색이 된 얼굴로 동혁이네 반을 찾아왔다.

"야!"

약속에 위배되는 행동이었지만 동혁이는 그 한 음절짜리 부름에 가슴이 찌르르했다. 그건 아이들 사이에서 홀연히 증발해 버린 열다섯 살의 언어였다. 동혁아, 노올자! 동혁아, 급히 할 이야기가 있으니 잠깐 나 좀 보자, 따위의 너절한 문장이 아니었다.

준구는 동혁이를 강당 뒤편으로 끌고 갔다.

"누가 우릴 찾아왔어. 콕 집어서 너랑 내 이름을 대더라니까."

"우릴 한꺼번에 찾을 일이 뭐가 있냐? 반도 다르고, 하다못해 같이 하는 동아리도 없는데."

그러자 준구는 검지로 제 이마를 툭툭 건드려 보였다.

"설마…… 칩?"

동혁이가 제 입을 틀어막으며 소리쳤다.

✿

"불량 포틴스라고요?"

동혁이와 준구가 동시에 소리쳤다. 회색 점퍼 차림의 사내가 넥타이를 고쳐 매며 고개를 끄덕였다. 몇 달 전 시술한 칩의 정확한 명칭이 포틴스라는 건 아이들도 아는 사실이다. 그렇지만 아이들은 포틴스의 유래나 쓰임에 대해선 제대로 알지 못했다. 시술사나 학교 측은 사춘기의 정신적 방황을 줄여 준다는 둥, 바람직한 학습 태도에 도움이 된다는 둥 뜬구름 잡는 소리만 늘어놓은 터였다.

회색 점퍼는 창밖을 힐긋거리며 말을 이었다.

"그래, 불량품 말이다. 원래 포틴스는 미국에서 사춘기 청소년의 비행을 막는다는 명목으로 개발된 뇌 조절 장치야. 열네 살에 시술한다 해서 포틴스라는 이름을 붙였지……."

오래전부터 뇌과학자들은 사춘기 청소년의 전두엽과 편도체에 주목하고 있었다. 어떤 정보를 해석할 때 성인들은 뇌의 전두엽을 사용하는 반면, 사춘기 청소년은 감정 중추인 편도체를 사용한다는 것이다. 이 이론에 근거하여 미국의 뇌과학자들은 청소년의 충동과 폭력성을 조절하는 포틴스 시술을 고안해 냈다. 그건 청소년의 편도체에 제어 칩을 넣어 감정 과잉을 막고, 전두엽에 활성화 칩을 넣어 논리성을 끌어 올리는 시술이었다.

할렘의 불법 이민 가정 아이들을 대상으로 은밀하게 시술이 진행되었고, 그 결과 뇌과학자들은 기대한 성과를 얻어 냈다. 실험에 참가한 14세 아이들 대부분이 성적과 출석률에서 긍정적인 변화를 이뤄 낸 것이다. 그러다 마침내 미국 내 무기 업체가 포틴스 사업에 눈을 돌리기 시작했다.

무기 업체가 주목한 것은 포틴스를 시술받은 아이들의 수동성이었다. 수동 성향은 온순하고 값싼 노동자, 총기 광고에 쉽게 설득당하는 소비자를 의미하는 것이었다. 결국 포틴스는 무기 업체의 자본을 등에 업고 대량으로 생산되기에 이른다. 하지만 인권 단체들이 반기를 들었다. 그들은 포틴스의 비인간적인 측면과 검은 자본의 흐름을 폭로했다.

회색 점퍼의 설명이 구구절절 이어지는 동안 준구는 간간이 코방아를 찧었다. 동혁이는 굳이 준구를 깨우지 않았다. D컵 누나들 때문에 요즘 들어 잠을 통 못 잔다는 준구였다. 동혁이는 회색 점퍼가 쏟아 내는 어려운 용어들보다 그의 불안한 행동에 더 신경이 쓰였다. 동네 맥도널드 2층 파티룸 창밖을 수시로 희뜩거리며 내다보는 사람은 흔치 않기 때문이다.

"인권 단체들도 반대한 포틴스를 우리나라에선 왜 시술하는 거예요?"

동혁이가 물었다.

"그건 미국 내에 남아도는 포틴스, 그러니까 이미 생산된 포틴스를 처리할 나라가 필요했기 때문이다."

"그걸 왜 우리나라에서 처리하는 거예요?"

"훗, 이 나라는 원래 골 때리는 쓰레기를 처리하는 데 일가견이 있다. 수십 년 전 후쿠시마의 핵발전소가 폭발했을 때도 방사능에 오염된 폐기물을 건축 자재로 사들인 전력이 있지. 그렇다고 절망하진 마라. 우리가 세상을 바꾸면 되니까. 내가 너희 둘을 찾은 것도 그 때문이다."

회색 점퍼가 눈을 번뜩였다. 동혁이는 이쯤에서 준구를 깨워야 할 것 같아 준구의 옆구리를 찔렀다. 소스라치며 깨어난 준구는 눈을 꿈적거리며 회색 점퍼의 말에 귀를 기울였다.

"우리나라에서 포틴스 보급을 맡은 회사는 정유 업체 TOK 와 그 자회사들이다. 놈들도 미국의 무기 업체와 별반 다를 게 없었다. 당장에는 포틴스의 생산과 시술로 돈을 벌고, 장기적으로는 고분고분한 노동자와 소비자를 확보할 속셈이었지. TOK는 자본력을 앞세워 포틴스 홍보와 시술에 나섰고, 정치권으로 검은돈을 흘려보냈다. 그러다 결국 이 나라 교육부가 포틴스를 의무 사항으로 지정하기에 이르렀지. 그때부터 15세 청소년, 그러니까 미국 나이로 얼추 14세에 다다른 아이들은……."

"말도 안 돼!"

동혁이는 감자튀김 봉지를 꽉 움켜쥐었다.

"우리가 무슨 실험동물이야?"

준구도 콜라 컵으로 탁자를 내리쳤다.

"동혁아, 준구야. 너희가 분노하는 모습을 보니 내 가슴이 다 뛴다. 그래, 이건 분노할 일이야. 비록 너희 머릿속에 불량 칩이 박힌 건 우연이지만, 이렇게 우리가 만난 건 운명이고 필연이다."

동혁이는 조금 전에 흥분했던 것도 잊고 아까부터 내내 궁금했던 걸 물어보았다.

"그런데 불량 칩은 왜 있는 거예요?"

"그야 공산품은 원래 불량품이 나오기 마련이니까. 통계에 따르면 포틴스의 불량률은 약 일 퍼센트다. 그러니까 너희는 그 일 퍼센트 안에 든 거야. 분노할 줄 아는 심장을 지닌 일 퍼센트!"

동혁이와 준구는 잠시 마주 보았다. 회색 점퍼가 지나치게 흥분한 것 같아서였다.

"그런데 우리는 왜 보자고 하신 거예요?"

준구가 물었다.

"아, 그게……. 너희한테 부탁할 게 있어서 말이다. 어느 폐가에 가서 시디 한 장만 갖다주겠니? 그 시디에는 포틴스 사업에 맞설 열쇠가 들어 있다. 불행한 포틴스의 아이들은 성년이 되면서 계급이 나뉜다. 리더로 선별된 아이들은 포틴스를 제거하면 그만이지만, 절대다수의 아이들은 포틴스를 제거한 후 곧바로 시민증이라는 새로운 칩을 시술받게 돼. 그 칩의 생산과 보급 역시 정유 업체 TOK가 독점권을 갖고 있다. 말이 좋아 시민증이지, 실은 노예의 징표 같은 거다."

회색 점퍼는 자기 이마를 톡톡 두드렸다.

"빌어먹을 시민증 덕분에 우리는 어딜 가나 당국의 감시를 받아야 하고, 값싼 노동력으로 평생을 살아야 한다. 이게 노예가 아니고 뭐냐? 그래서 나는 그 망할 TOK를 무너뜨리기로 했다."

동혁이는 작디작은 칩 뒤에 이토록 거대한 음모가 도사리고 있다는 게 신기했다. 그건 동혁이를 둘러싼 이야기이기도 했다. 지금껏 동혁이는 창틀의 먼지 같은 아이였다. 멀찍이 서서 눈알만 굴릴 뿐 절대 남 앞에 나서는 법이 없었다. 그런데 회색 점퍼는 이렇게 말해 주었다. 애야, 너는 한낱 먼지가 아니다. 네 포틴스에는 태평양을 넘나드는 방대한 스케일의 비화가 들어 있잖니! 동혁이는 가슴팍이 들썩거렸다.

"어떻게 TOK를 무너뜨릴 건데요?"

"TOK의 자본 줄을 서서히 끊어 버릴 생각이다. 포틴스와 시민증 사업으로 TOK가 떼돈을 버는 건 사실이지만, 아직도 TOK의 최고 수입원은 역시나 정유 사업이다. 곧 바닥나리라던 예측과 달리 석유는 세계 여러 지역에서 계속 생산되고, 여전히 제1에너지원으로 군림하고 있지. 하지만 진실은 다르단다. 석유를 대체할 에너지원이 이미 개발됐거든."

회색 점퍼는 창밖을 내려다보고는 목소리를 낮추었다.

"바로 무한 동력 발전기야. 일정한 외부 에너지로 발전기를 가동시키면, 그때부터 발전기가 자체 에너지로 무한 회전하며 전기를 만들어 내는 설비지. 그걸 완성한 사람이 우리 할아버지였다."

"우아, 그 정도면 노벨상 받아야 되는 거 아니에요?"

준구가 흥분한 소리로 말했다.

"노벨상? 훗……. 할아버지는 세상 물정 따위는 모르는 공학자였다. 그저 기쁜 마음으로 필생의 연구 결과를 대중 앞에 내놓았지. 그러면 다 되는 줄 알고 말이다. 하지만 무한 동력 설비가 공식적으로 인정받으면 석유값이 폭락할 텐데, 석유 장사꾼인 TOK가 가만있었겠니? TOK는 이 나라의 유력 언론들을 장악해 할아버지를 사기꾼으로 몰아갔고, 할아버지는 그 충격에 그만…… 정신을 놓으셨다. 오랜 연구 결과들을 자기 손으로 파기해 버렸지. 그런데 최근에 나는 무한 동력 발전기를 촬영한 동영상이 있다는 사실을 알아냈다. 폐가에 있다는 시디가 바로 그거야. 너희가 좀 갖다주면 좋겠다."

회색 점퍼는 동혁이와 준구의 손을 덥석 잡았다.

"아저씨가 직접 가시면 안 돼요?"

준구가 제 손을 빼내며 물었다.

"폐가 출입문의 인공 지능이 내 시민증을 감지해 낸다. 그러니 너희가……."

✿

    동혁이와 준구는 회색 점퍼의 제안을 딱 잘라 거절했다. 시민증 감지기가 포틴스에는 반응하지 않는다고 하지만 어쨌거나 그건 남의 집에 들어가는 일이었고, 엄밀히 말하면 도둑질이었다. 그리고 무엇보다 낯선 아저씨의 부탁을 들어줘야 할 이유가 딱히 없었다.

    다음 날에도 동혁이는 창틀에 앉아 반 친구들을 관찰했다. 훈태한테 지우개를 따먹히고 울어 대는 균일이, 교실이 도서관 열람실이라도 되는 것처럼 조심조심 드나드는 아이들……. 그런 모습이 오늘따라 짠하게 느껴졌다. 포틴스는 아이들을 다루기 만만한 상태로 만들어 놓았다. 이 모든 게 포틴스를 둘러싼 음모의 일부였다. 하지만 음모를 자각하는 일과 시디를 가지러 가는 일은 별개다. 먼지처럼 엎드려 살던 아이가 운 좋게도 불량 포틴스를 시술받았다. 동혁이는 그걸로 충분했다.

    그러나 회색 점퍼는 다시 동혁이와 준구를 찾아왔다.

    오후 4시, 맥도널드 2층 파티룸에는 팽팽한 긴장이 감돌았다. 동혁이와 준구는 바짝바짝 입이 말랐다. 불량 포틴스를 비밀에 부쳐 줄 테니 폐가에 다녀와라! 회색 점퍼가 그렇게 초강수를 둘 것만 같았기 때문이다.

    "비틀린 세상을 원래대로 돌려놓는 일! 이 위대한 미션의 적임자는 너희뿐이야."

그 말에 동혁이와 준구는 서로를 보았다. 위대한 미션의 적임자로 불리기에는 둘의 상태가 살짝 애매했다. 동혁이는 불과 몇 달 전까지 균일이에게 얻어맞고 훈태에게 시바동혁이로 불리던 아이다. 준구라고 나을 건 없었다. 뚱하게 생긴 인상에 걸맞게 행동이 굼뜨고, 몸에서는 늘 눅눅하고 퀴퀴한 쓰레기 냄새가 났다.

"딴 애들 찾아보면 안 돼요?"

동혁이가 물었다.

"포틴스 아이들이 이런 일에 나서겠냐?"

"그럼 중1 애들 시키세요. 걔들 뇌야말로 청정 지역이잖아요."

"포틴스가 뭔지도 모르는 애들한테 포틴스를 없애는 데 힘을 보태라고 말하면, 그게 먹히겠냐?"

흘끔 창밖을 살핀 회색 점퍼는 엉덩이를 치켜든 어정쩡한 자세로 말을 이었다.

"그래! 세상에 공짜는 없지. 이 얘기를 너희에게 해도 될지 몰라서 어제는 말 못했다만, 뭐, 너희는 지극히 평범한 열다섯 살이니까 내 말하마. 그 폐가에는 설비 동영상 말고 또 한 장의 시디가 있다. 그 시디에는 전설적인 동영상이 담겨 있지. 바로 우리 할아버지가 사랑했던 미나 윤의 동영상이다."

"미나 윤? 옛날 가수예요?"

준구가 물었다.

"미나 윤은…… 한 시대를 풍미했던 포르노 배우다. 풍만한 가슴과 뽀얀 살결, 상큼한 미소로 그 시대 남자들에게 여신이라 불렸던 배우지. 미나 윤의 작품은 늘 시청자 시점이다. 미나 윤은 화면을 똑바로 보며 말을 걸기로 유명하거든. 그래서 시청자는 마치 미나 윤과 같은 공간에 있는 듯한 착각에 빠진다. 포르노가 금지된 포틴스 세대에겐 꿈같은 일이지."

준구는 손으로 제 입을 틀어막은 채 눈만 끔벅거렸다.

"혹 결심이 서거든 이 주소로 와라."

회색 점퍼는 냅킨에 주소를 휘갈겨 써 놓고는 휑하니 떠나 버렸다.

"이거 봐, 나 갈 거야. 하늘이 두 쪽 나도 갈 거야! 그 시디 당장 가지고 올 거야!"

맥도널드 앞 사거리에서 준구가 날뛰었다.

"오준구! 좀 진정해!"

동혁이가 말리고 나서자 준구는 눈을 부라렸다.

"뭘 진정해? 너, 그 누드 화보 쪼가리 어디서 난 건지 알아? 드룬아파트 쓰레기장 뒤져서 찾은 거야. 거긴 국회의원도 살고 검사들도 많이 산다니까, 그 사람들은 그런 거 실컷 볼 테니까, 혹시나 하는 마음에 뒤지고 다닌 거라고. 하지만 미나 윤 누나는! 종이 쪼가리랑은 차원이 다르잖아. 말하고 움직이고 나랑 눈도 맞추는 그런 여신을 폐가에 가둬 두자고? 그러고도 네가 남자야?"

붕붕 팔을 휘둘러 대는 준구에게선 그 어느 때보다 지독한 냄새가 났다. 동혁이도 더는 준구를 말릴 수 없었다. 녀석은 이미 미나 윤을 사랑하는 눈치였다. 그렇지만 동혁이는 침착하게 대응하기로 했다. 창틀에 앉아 반 친구들을 구경하던 그 습관대로, 회색 점퍼의 이야기를 차분히 되짚어 봤다.

넥타이를 맨 셔츠에 후줄근한 점퍼. 차림새만 보면 회색 점퍼는 어딘가 전문가다웠다. 그렇지만 동혁이는 회색 점퍼가 어떤 사람인지 확실히 알지 못했다. 그의 얘기가 모두 사실이라 쳐도 그는 여전히 모르는 사람이었다. 천재 공학자의 손자, TOK 그룹의 포틴스 사업에 맞서려는 사람, 그게 다였다. 게다가 불안한 듯 자꾸 맥도널드 창밖을 살피던 것도 마음에 걸렸다. 어쩌면 그는 어떤 이유로 정부 기관에 쫓기는 중인지도 모른다.

"일단 신원부터 확인하자. 우리가 누구 부탁을 받고 움직이는지는 알아야 할 거 아니야?"

동혁이 말에 준구는 인상을 구겼다.

"일단 동영상부터 확보하는 게 일의 순서 아닐까?"

그러면서도 제 말에 근거가 없다는 걸 아는지, 준구는 순순히 동혁이를 따라갔다.

회색 점퍼가 냅킨에 남긴 주소지는 학교에서 지하철로 5분

거리에 있었다. 주소지가 가까워지자 동혁이는 심장이 요동치기 시작했다. 사실 동혁이는 무한 동력 설비가 어떻게 생겼는지 관심도 없었다. 미나 윤이라는 이름도 그리 끌리지 않았다. 동혁이를 솔깃하게 했던 건 회색 점퍼의 말이었다.

뇌과학, 미국, 무기 업체, 할렘, 인권 단체, 검은돈, 정치권, TOK……. 회색 점퍼가 내뱉은 단어들은 일찍이 동혁이의 세상과는 무관한 것들이었다. 몰라도 되는 것들이었고, 들어는 봤어도 전혀 체감되지 않던 단어들이었다. 하지만 회색 점퍼는 과감히 그 단어들과 동혁이의 인생을 이어 붙였다.

은위중학교 2학년 3반 송동혁. 송만득 씨와 이주아 씨의 외동아들. 포틴스 고유 번호 RT-2051M-W2874.

포틴스 시술 전이나 후나 동혁이 인생은 그게 다였다. 하지만 회색 점퍼는 창틀의 먼지 같던 송동혁의 인생을, 온갖 음모와 폭로가 판치는 넓은 세상과 잇대어 주었다. 맥도널드 파티룸에서는 미처 느끼지 못했던 짜릿한 쾌감이 동혁이의 등허리를 타고 올라왔다.

"그 아저씨 직업은 뭘까?"

허름한 아파트 옆길을 따라가며 준구가 물었다.

"풍기는 느낌도 그렇고 집안 내력도 있으니까 아마 공학자겠지? 재야의 천재 공학자가 딱인데."

동혁이 말이 끝나기 무섭게 준구가 뭔가를 가리켰다. 상가건물 1층에 회색 점퍼의 사진이 큼지막하게 새겨진 간판이 있었다. 로봇견을 안고서 환히 웃는 회색 점퍼의 사진 옆에는 '로봇견 수리 전문 무한전파사'라는 글자가 쓰여 있었다.

"저…… 전파사?"

동혁이도 전파사가 뭐 하는 곳인지는 알고 있었다. 언젠가 텔레비전에서 '예측과 달리 사라지지 않은 직업'으로 전파사 엔지니어들을 소개했기 때문이다. 대부분의 가전제품을 인공 지능이 수리하는 시대지만 전파사 엔지니어들은 여전히 존재했다. 그네들의 서비스에는 신속 정확한 부품 교체 이상의 것이 있었다. 손때 묻은 가전제품에 얽힌 사연을 들어 주고 공감해 주는 건 엔지니어들만 할 수 있는 일이었다. 또 지난 세대의 골동품 가전들을 손볼 수 있는 것도 엔지니어들뿐이었다. 그럼에도 동혁이는 회색 점퍼가 전파사 아저씨라는 사실에 실망과 충격을 금할 길이 없었다.

"뭐야, 그럼 우리가 전파사 아저씨한테 낚인 거야?"

동혁이는 여태 쥐고 있던 냅킨을 냅다 던져 버렸다.

로봇견의 복부를 분해하던 회색 점퍼가 반색하며 아이들을 맞았다.

"와 줬구나, 이 녀석들!"

"난 아저씨가 공학자인 줄 알았어요. 은밀히 뭔가를 발명하는 그런 공학자요. 정부 기관에 쫓기는 그런 사람 말이에요."

동혁이가 출입구 유리문을 툭툭 찼다.

"내가 어딜 봐서 죄 짓고 쫓겨 다닐 사람 같냐?"

회색 점퍼가 푸근히 웃으며 로봇견의 배 속을 해작였다.

"그럼 맥도널드에선 왜 자꾸 창밖을 내다봤던 거예요?"

"아, 그거? 그야 그 동네 맥도널드 주변이 상습 견인 지역이니까 그랬지. 차 끌고 갈까 봐. 차 견인되면 골치 아파. 전파사는 출장 서비스가 생명인데."

회색 점퍼가 뭘 잘못 건드렸는지 로봇견이 끝도 없이 짖어댔다.

동혁이는 무한전파사 문을 쾅! 닫고 뛰어나왔다. 붙잡는 준구의 손도 뿌리치고 아파트 단지를 벗어날 때까지 내처 달렸다. 동혁이는 울컥했다.

"아, 시바! 난 대체…… 저 인간한테 뭘 기대했던 거야? TOK를 무너뜨리겠다고? 개 짖는 소리 그만하라 그래!"

동혁이가 바랐던 건 자기 인생과 세상을 이어 줄 천재 공학자의 섬세한 땜질이었다. 하지만 무한전파사는 동혁이의 바람을 뭉개 버렸다.

✿

동혁이는 이틀 내리 말문을 닫고 살았다. 학교 앞에서 회색 점퍼를 보고서 알은척도 안 했고, 맥도널드 2층에서 만나자는 말도 무시했다. 동혁이는 그저 화가 났다. 잠시나마 전파사 아저씨의 망상에 휘둘렸던 자신이 미웠다.

반면 준구는 안달이 났다. 준구야말로 회색 점퍼나 무한 동력에는 눈곱만큼도 관심이 없었다. 준구는 미나 윤이 필요할 뿐이었다. 진짜 나 죽는 꼴 보려고 이러냐? 넌 하나뿐인 친구가 성인 잡지를 찾아 아파트 쓰레기장이나 뒤지고 살면 좋겠냐? 처음에 준구는 동혁이의 감정에 호소했다. 동혁이가 꿈쩍도 않자 현실적인 제안도 해 보았다. 무한 동력 그딴 거 필요 없고, 우린 그냥 미나 윤 누나 시디만 챙기자. 하지만 역시나 동혁이는 들은 척도 하지 않았다.

결국 준구의 인내심은 바닥나고 말았다. 늦은 밤 동혁이를 찾아온 준구는 다짜고짜 멱살부터 틀어쥐었다.

"나 혼자 갈 거다. 내일 수업 끝나자마자 갈 거야."

"그 말 하려고 오밤중에 여기까지 왔냐?"

"아니. 본론은 지금부터다, 새끼야. 송동혁, 오늘로 너랑 나도 끝이다. 불량 포틴스? 웃기지 말라 그래. 네 대가리에는 성능 빡센 포틴스가 들어 있는 게 분명하니까!"

준구는 동혁이의 발치에 침을 퉤 뱉고는 가 버렸다. 동혁이는 잠이 오지 않았다. 준구가 남긴 가래침 한 덩이가 계속 생각났다. 그건 준구가 뜨끈하게 살아 있다는 증거였다. 준구는 아흔아홉 가지 해야 할 일을 제쳐 두고 좋아하는 일 한 가지에 목숨을 걸 줄 아는 아이였다. 포틴스 시술 전 많은 아이들이 그랬던 것처럼…….

"아, 젠장!"

새벽 1시쯤, 동혁이는 아예 침대를 박차고 일어나 태블릿을 켰다.

"무한 동력 발전기!"

태블릿은 순식간에 수십 개의 홀로그램 이미지들을 펼쳐 놓았다. 옛이야기 그림책에나 나올 법한 수차부터 두 개의 회전체를 이은 기계장치까지 다양한 그림들이 있었다. 그러나 동혁이의 눈길을 끈 것은 기계장치 그림들 사이에 멀뚱히 떠 있는 아인슈타인의 얼굴이었다.

"아인슈타인? E=mc² 그 사람? 뭐야, 그럼 아인슈타인도 무한 동력 개발에 뛰어들었던 거야?"

동혁이는 차가운 공기가 머릿속으로 마구 빨려 들어오는 기분이었다. 인류 역사상 최강 두뇌로 꼽히는 아인슈타인이 함께 검색될 정도면 무한 동력 발전기는 실제로 존재할 가능성이 컸다. 그래만 준다면 TOK를 무너뜨리고 포틴스를 막는 일도 꿈만은 아닐 터였다. 회색 점퍼가 전파사 아저씨건 천재 공학자건 상관없었다. 이건 아인슈타인이 보장하는 기술이니까. 동혁이는 떨리는 손끝으로 아이슈타인의 얼굴을 터치했다.

무한 동력 영구기관, 불가능의 늪인가, 인류의 잭팟인가?

무한 동력 영구기관을 발명했다는 발명가가 다시 등장했다. 영구기관은 열역학 제1법칙과 제2법칙에 위배되는 것으로 알려져 있다. 특히 에너지 보존 법칙으로 불리는 열역학 제1법칙은 아인슈타인이 특수상대성 이론을 발표한 뒤 질량-에너지 보존 법칙으로 확장되는데, 이것이 바로 그 위대한 방정식 $E=mc^2$······.

아인슈타인은 영구기관의 협력자가 아니었다.

"아, 씨! 그럼 그렇지!"

결국 회색 점퍼를 믿는다는 건, 아인슈타인과 무한전파사의 대결에서 전파사 쪽에 베팅을 하는 것과 다름없었다.

동혁이는 입은 옷 그대로 집을 뛰쳐나갔다. 버스를 타고 사거리에서 내린 뒤 무한전파사가 있는 아파트 단지까지 쉬지 않고 달렸다. 전파사 문짝이라도 부숴 버려야 잠을 잘 수 있을 것 같았다.

"무한전파사! 이 사기꾼!"

동혁이는 소리를 지르며 전파사 출입문을 걷어찼다. 대여섯 번 발길질을 해 댔을 무렵 안쪽에서 회색 점퍼가 커튼을 걷어 젖혔다. 동혁이를 알아본 회색 점퍼는 동혁이를 가게 안으로 끌어들여 자리에 앉혔다. 동혁이는 태블릿에서 본 것들을 속사포처럼 쏟아 내고도 분이 안 풀렸다.

"그깟 시디가 무슨 소용이에요? 과학 법칙에도 안 맞는 엉터리 기술로 TOK를 상대하겠다고요?"

작업대 위에는 로봇견 대신 여남은 장의 설계 도면이 흩어져 있었다.

"나도 안다. 영구기관이 불가능에 가까운 꿈이란 것도, TOK

그룹이 일개 전파사 주인이 대적할 만한 상대가 아니란 것도. 하지만 동혁아, 제아무리 철옹성 같은 요새라도 빈틈은 있기 마련이다. 너 공성전이라고 들어 봤니? 견고한 요새를 공략하는 싸움 말이다. 공성전의 전술에는 여러 가지가 있다. 첩자를 들여보내는 방법도 있고, 요새의 물자 공급을 차단하는 방법도 있다. 내가 선택한 전술은 이거다. 할아버지의 영구기관과 함께 일 프로 불량 포틴스들의 존재를 복원하는 것! 그들이 만나고 연대한다면 변화의 물꼬가 트이지 않겠니?"

"일 프로 불량 포틴스들이요?"

"그래. 좀비들 틈에서 숨죽여 살다가 세상 어디론가 흩어져 간 그 일 프로들 말이다. 너랑 준구 같은, 그리고 나 같은……."

"그럼 아저씨도 불량 포틴스였어요?"

"말했잖냐, 우리의 만남은 필연이라고. 너희들이 불량 포틴스라는 걸 내가 무슨 수로 알아봤겠니? 불량이 불량을 알아본 거지."

회색 점퍼는 검지로 자기 이마를 건드리며 씩 웃었다. 순간 회색 점퍼가 또다시 천재 공학자로 보여서, 동혁이는 제 머리를 마구 두드렸다. 착각은 한 번으로 족했다. 지금 설계 도면을 잔뜩 펼쳐 놓고 천재 공학자인 척하는 저 사람은 전파사 아저씨일 뿐이다. 그걸 누구보다 잘 아는데도, 회색 점퍼가 타 준 커피가 다 식어 가는데도, 동혁이는 이상하게 발길이 떨어지지 않았다.

회색 점퍼는 이따금 지우개로 도면의 일부를 지우고 수정하느라 동혁이의 존재를 잊은 듯했다. 동혁이는 식어 빠진 커피를 홀짝였다. 어쩌면 영구기관이 가능하다고 믿는 것과 회색 점퍼를 돕는 일은 별개인지도 모른다. 회색 점퍼는 이 싸움을 공성전이라 했다. 철옹성 같은 요새를 무너뜨리는 싸움. 폐가에 있다는 시디는 회색 점퍼가 세운 공성전 전략의 일부였다.

덜덜덜 소리가 났다. 회색 점퍼가 설계 도면에 눈을 고정한 채 연필깎이 손잡이를 돌리고 있었다. 회색 점퍼는 분명 오랫동안 이 싸움을 준비했을 터였다. 동혁이는 자신의 싸움을 생각했다. 언젠가 때가 되면 나도 공성전을 벌일 수 있을까? 그때 나는 어떤 전략을 세울까?

"참, 너 안 가니?"

유리문으로 아침 햇살이 들어올 즈음, 회색 점퍼가 물었다.

"아저씨, 그거 어떻게 꺼내 오면 돼요?"

동혁이는 이제 무한전파사를 나설 수 있을 것 같았다.

✿

훈태와 균일이는 불량 식품을 사 먹었는지 잇몸이며 이가 온통 푸르뎅뎅했다. 반장은 편안한 얼굴로 이번 학기 필독서를 읽고 있었다. 포틴스 시술 전에도 반장은 모범생이었고 공붓벌레였다. 그렇지만 가끔 연습장을 찢어서 바닥에 던질 줄도 알고, 천장을 노려보며 한숨도 쉴 줄 알던 아이였다. 동혁이는 그때의 반장에게 말 한 번 걸어 보지 않았던 게 후회스러웠다.

아직 시작종이 울리려면 멀었지만 동혁이는 일찌감치 창틀에서 내려왔다. 그러고는 자리에 앉아 새벽에 회색 점퍼한테 들은 밑도 끝도 없는 이야기를 되새겼다.

"어려울 게 뭐 있냐? 그냥 폐가에 가서 시디 두 장 챙겨 나오면 되지. 그리고 무한전파사에서 밤을 지새운 기념으로, 내 특별히 비기를 전수해 주마. 천재 공학자였던 우리 할아버지의 일기장에서 찾아낸 거니까 잘 들어. 할아버지는 학창 시절에 주워들은 우스갯소리 하나를 인생의 비기로 삼았다. 그건 단순 명료하면서 절대적이어서, 네가 말한 열역학 법칙들만큼이나 예외 없이 적용된다. 바로 코끼리를 냉장고에 넣는 방법이다.

코끼리를 냉장고에 넣는 방법 1단계, 냉장고 문을 연다. 2단계, 코끼리를 넣는다. 3단계, 냉장고 문을 닫는다. 어때, 쉽지? 이것만 기억하고 있으면 이 세상에서 우리가 할 수 있는 일이 많다는 걸 알게 될 거다. 코끼리를 냉장고에 넣으려면 냉장고 문부터 열어야 한다! 기억해 둬라!"

도대체 어디에 써먹어야 할지, 써먹을 데가 있기는 할지 미지수인 오래된 농담이었다. 그렇지만 미동도 없는 반장의 뒤통수를 보고 있자니, 동혁이는 문득 냉장고 문을 한번 열어 보고 싶다는 생각이 들었다. 눈을 질끈 감고 반장의 뒤통수를 힘껏 후려쳤다.

"아 씨, 아파! 너 이 새끼 죽을……."

눈을 부라리던 반장은 황급히 말을 끊었다. 동혁이는 픽 웃음이 났다. 잠시나마 포틴스를 뚫고 나온 진짜 반장이 반가웠다. 물론 반장은 이내 냉정을 되찾고는 고시랑고시랑 잔소리를 늘어놓았다. 한 대 친다고 고장 날 포틴스가 아니었다. 하지만 냉장고 문을 연다는 건 그런 거였다. 일단 열어젖히기. 뭐라도 해 보기. 코끼리를 냉장고에 넣으라고 할 때, 어느 누구도 냉장고가 코끼리보다 작다는 전제는 달지 않았다. 그러니 막연한 선입견으로 흔한 가정집 냉장고를 떠올리며 스스로 덫에 걸릴 필요는 없다.

수업이 끝나자마자 동혁이는 준구에게 달려갔다.

"나도 간다."

"뭐냐?"

동혁이는 대답 대신 준구의 어깨에 팔을 둘렀다.

서울 외곽 산자락에 위치한 폐가는 말 그대로 다 허물어져 가고 있었다. 원래 이 집은 회색 점퍼의 할아버지인 김 박사의 연구실이었다. 그런데 김 박사는 무한 동력 영구기관과 관련된 소송 끝에 시 당국에 이 집을 차압당했고, 시에서는 시민증 감지기만 설치하고서 몇십 년째 계속 이 집을 방치해 온 터였다.

동혁이와 준구는 회색 점퍼에게 건네받은 구식 열쇠로 폐가의 녹슨 철문을 열었다. 회색 점퍼가 일러 준 대로 신발장 맨 아래 서랍을 빼내자 플라스틱 상자가 있었다. 상자 안에는 케이스에 '미나'라고 쓰인 시디 한 장과 아무 표시도 없는 시디 한 장이 있었다. 전설의 동영상이 담긴 시디들은 마치 이런 날이 오리라는 걸 알았던 것처럼 깨끗하게 보관돼 있었다.

준구는 미나 윤의 시디에 제 뺨을 비벼 댔다.

"세상에! 누나, 이 끔찍한 흉가에서 얼마나 무서웠어요?"

시디를 가방에 넣은 동혁이는 얼른 준구를 끌고 폐가 밖으로 나왔다. 여기 오기까지 우여곡절이 많았지만, 결국은 회색 점퍼한테 전수받은 오래된 농담처럼 단순하게 해낸 거다. 회색 점퍼는 코끼리의 몸집에 기죽지 않고 냉장고 문을 열려는 사람이었고, 그런 사람이라면 한 번쯤 도와주는 것도 괜찮다고 동혁이는 생각했다.

저녁에 동혁이와 준구는 무한전파사에 눌러앉았다. 오래전에 사라진 매체인 시디를 재생하려면 무한전파사의 골동품 가전제품을 빌리는 수밖에 없었다. 동혁이는 무한 동력 영구 기관 시연 장면과 미나 윤 사이에서 잠시 고민하다 미나 윤을 택했다. 회색 점퍼의 부탁을 들어주었다 해서 영구기관의 존재를 믿는 건 아니었다. 동혁이는 회색 점퍼보다는 열역학 법칙들과 아인슈타인 쪽이 더 미더웠다. 그래도 회색 점퍼의 무모한 공성전만큼은 응원해 주고 싶었다. 그건 동혁이를 둘러싼 세상의 이야기이기도 했다.

결국 회색 점퍼는 동혁이와 세상을 이어 주었다. 애초에 기대했던 천재 공학자의 섬세한 땜질은 아니었다. 회색 점퍼는 까만 전기 테이프를 덕지덕지 발라서 동혁이와 세상을 잇대 주었다. 허술하고 촌스러웠지만 동혁이는 상관하지 않았다. 훗날 동혁이는 치열한 공성전 복판에서 오늘을 회상할지도 모른다. 나의 전쟁은 열다섯 살 그날에 시작되었다고.

드디어 영상이 재생되었다. 한참이나 달그락달그락 소리가 나더니 서서히 화면이 밝아졌다. 배경은 가정집 부엌이었다. 아무리 봐도 미나 윤이랑 어울릴 법한 공간이 아니었다. 동혁이와 준구가 어리둥절한 표정을 주고받는데, 갑자기 웬 통통한 아줌마가 등장했다.

"자기, 왔어?"

아줌마는 속옷만 대충 걸친 차림이었다.

"왜 이렇게 늦었어?"

아줌마가 국자로 솥단지를 휘젓다 말고 갑자기 상의 속옷 끈을 내리려 했다. 순간 동혁이와 준구는 누가 먼저랄 것도 없이 눈을 가리며 비명을 질렀다. 아이들 소리에 놀란 회색 점퍼가 뛰어왔다.

"아저씨, 저기, 저 아줌마 대체 뭐예요?"

준구가 여전히 손으로 눈을 가리고서 물었다.

"아! 내가 우리 할아버지 취향을 미리 말 안 했구나. 저분…… 미나 윤이야."

최영희 ★ '열다섯 살, 너의 싸움이 시작된다.' 이 한 문장을 꽤 오래 품고 다녔다. 그리고 동혁이라는 아이를 만나 문장은 이야기가 되었다. 중2병이라는 말을 좋아하지 않는다. 내게 열다섯 살은 세상이 들려주고 보여 주는 대로 믿지 않겠노라고, 나를 둘러싼 세상을 재정립해 가는 나이다. 나의 열다섯 살은 시행착오투성이였지만 뜨거웠다. 그리고 지금 열다섯 살이거나, 그 나이를 갓 지나온 너희 또한 그러하리라 믿는다.

지구인이 되는 법

★ 권담

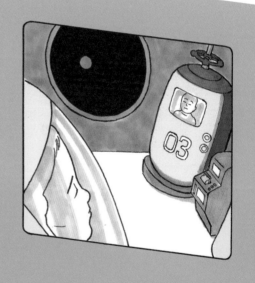

‘드디어 지구인이 될 수 있다!’

우주선 창밖으로 멀어지는 고향별을 보며 준하는 가슴이 벅차올랐다.

한참 동안 창밖을 바라보다 이상한 기분에 힐끗 올려다보니 엄마의 눈가가 촉촉했다. 엄마는 애써 슬픔을 참는 사람처럼 입술을 질끈 깨물고 있었다.

"역시 엄마는 뉴글로브를 떠나는 게 싫은 거였어."

눈치 빠른 준하는 공연히 미안한 마음이 들어 혼잣말을 했다.

그 말을 들은 엄마가 고개를 세차게 저었다.

"아니, 그게 아니라 뉴글로브에 남은 사람을 생각하니까 나도 모르게⋯⋯."

엄마는 말을 채 잇지 못하고 눈을 꼭 감았다.

'남은 사람?'

준하는 조심스레 엄마 표정을 살피며 생각했다.

'아, 그랬구나. 그런데 남은 사람 누구? 외할아버지 외할머니는 돌아가셨고 엄마는 형제도 없는데, 누구랑 헤어지는 게 그리 슬픈 걸까? 아, 맞다. 엄마한테도 친한 친구가 있지. 그래, 나도 케빈이랑 헤어져야 했다면 진짜 슬펐을 거야…….'

생각이 거기에 미친 준하는 엄마 손을 잡고서 위로하듯 말했다.

"엄마, 미안해요. 나 때문에…… 선아 아줌마랑 헤어지게 돼서……."

그 말을 들은 엄마가 풋 하고 웃음을 터뜨렸다.

"아니야, 준하야. 괜찮아."

엄마는 준하 어깨를 부드럽게 감싸며 말을 이었다.

"그리고 그게 왜 너 때문이야? 우리 가족 모두의 행복을 위해 내린 결정인데……."

엄마의 말끝이 살짝 흐려지는 걸 느끼고 준하는 엄마를 물끄러미 바라보았다. 엄마는 준하의 시선을 슬쩍 피하며 한 손으로 창밖을 가리켰다.

"많이 봐 두렴. 처음이자 마지막으로 보는 고향별의 모습일 테니까."

푸른 별이 점점 멀어져 가고 있다. 13년 동안 준하를 키워 준 고마운 별이.

"안녕, 뉴글로브. 엡실론 에리다니 넘버 쓰리."

순간 눈물이 핑 돌았지만 오래가지는 않았다. 이별의 슬픔보다는 앞으로 펼쳐질 미래에 대한 기대감이 훨씬 컸기 때문이다.

22세기 초, 태양계로 다가오는 소행성 무리를 발견한 천문학자들은 500년 뒤 태양계가 멸망할 확률이 30퍼센트가 넘는다는 예측을 내놓았다. 엄청난 공포에 휩싸인 인류는 태양계 밖의 외계 행성으로 이주할 계획을 세우기 시작했다.

오랜 조사 끝에 첫 번째 우주 식민지로 선정된 곳은 지구에서 10광년쯤 떨어진 엡실론 에리다니 No. 3, 일명 뉴글로브였다.

우선 무인 우주선이 뉴글로브의 대기를 지구와 비슷하게 만드는 테라포밍 작업을 실시한 다음, 첫 이주민들이 식민 우주선에 올랐다.

어떤 일이 닥칠지 모를 위험하고 긴 여행이었기에 탑승 희망자가 적을 거라 예상했는데, 막상 뚜껑을 열어 보니 정반대였다. 넘쳐 나는 실업자들과 도전을 즐기는 모험가들이 자신의 전 재산을 뉴글로브 식민회사에 맡기고 앞다퉈 우주선에 올랐기 때문이다. 뉴글로브인이 개척자라 부르는 그들 가운데에는 준하의 조상들도 있었다.

지구를 떠난 개척자들은 광활한 우주 공간에 징검다리를

놓듯 우주정거장을 건설하며 마침내 뉴글로브에 도착했고, 몇 대에 걸쳐 열심히 노력한 끝에 뉴글로브를 인류가 살 만한 행성으로 바꾸어 놓았다.

그러던 어느 날 지구에서 황당한 소식이 들려왔다. 태양계로 다가오던 소행성 무리가 궤도를 바꿨다는 것이다. 졸지에 뉴글로브 식민 계획은 무산될 위기에 놓였다. 하지만 뉴글로브 식민회사는 이미 지구에서 가장 덩치 큰 기업으로 성장했고, 엄청난 수익을 내는 사업을 그만둘 생각이 전혀 없었다.

뉴글로브 식민회사는 이주를 부추기기 위해 언론을 동원해 그럴듯한 소문을 퍼뜨려 댔다. 지구에서 별 볼 일 없는 사람도 뉴글로브로 건너가 조금만 고생하면 엄청난 부자가 되어 떵떵거리며 살 수 있다는 소문이었다. 그 소문에 혹해 자신의 전 재산을 식민회사에 맡기고 우주선에 몸을 싣는 지구인들이 점점 늘어났다.

그새 우주선 속도가 매우 빨라졌어도 지구에서 뉴글로브까지 걸리는 시간은 30년이 넘는다. 그러나 꿈을 좇는 지구인들은 동면 캡슐에 누운 채 30년을 보내야 하는 행성 간 항해를 기꺼이 감수하고 있다.

멋진 미래를 꿈꾸며 뉴글로브로 밀려드는 지구인들과 반대로 준하는 지금 지구로 가고 있다. 오랫동안 꿈꿔 왔던 프로 장대높이뛰기 선수가 되기 위해.

"우리 골드펭귄호는 앞으로 세 시간 뒤 준광속 비행 궤도에 들어섭니다. 한 시간 뒤면 모두 동면에 들어가야 하니, 남은 시간 동안 환상적인 우주를 마음껏 즐기시기 바랍니다.”

목소리가 약간 느끼한 선장의 안내 방송이 흘러나왔다.

그런데 준하는 창밖으로 펼쳐지는 비슷비슷한 풍경에 벌써부터 싫증이 난 참이었다. 그때 마침 케빈이 준하의 어깨를 툭 치며 말을 걸었다.

“준하야, 우리 휴게실에 가서 홀로비전이나 보자.”

“그래, 그러자.”

준하가 기다렸다는 듯 대답했다.

준하의 절친 케빈은 준하 아빠의 연구소 동료인 테리 아저씨의 아들로, 아주 어릴 때부터 준하와 친구로 지내 왔다. 케빈의 꿈은 최초의 뉴글로브 출신 지구 위원이 되는 것인데, 그 꿈을 이루기 위해 준하와 함께 지구로 가고 있다.

엄마들도 준하와 케빈을 따라 휴게실로 자리를 옮겼다. 우주선 공간이 그리 넉넉한 편은 아니라 이등석 휴게실에 설치된 홀로비전은 지상에서 보는 것보다 규모가 작았지만, 준하의 지루함을 달래주기엔 충분했다.

할아버지 세대까지만 해도 지구에서 10광년 떨어진 뉴글로브 사람들은 10년 전 지구의 방송을 보면서 살았다. 그러나 초광속 통신망 코스모넷이 개통된 뒤로는 거의 실시간으로 지구의 홀로그램 방송을 즐길 수 있게 되었다.

장대높이뛰기 선수를 꿈꾸는 준하가 가장 즐겨 보는 채널은 육상 전문 스포츠 채널이다.

2373년 현재, 육상은 지구에서 가장 인기 있는 스포츠다. 아주 오래전에는 축구나 야구 같은 단체 종목이 인기가 많았는데 요즘은 개인의 한계에 도전하는 종목들이 훨씬 인기가 많다. 그렇게 된 데에는 사회 분위기가 조직력보다 개인의 능력을 높게 쳐주는 쪽으로 바뀐 탓도 있지만, 인간형 로봇의 등장도 한몫을 했다.

능력이 뛰어난 로봇이 점점 인간의 자리를 대신하게 되자 사람들은 불안감을 떨치기 위해 인간이 로봇보다 뛰어난 점을 찾으려 머리를 싸맸다. 그 결과 인간이 로봇보다 뛰어난 이유는 있는 그대로의 자연에 더 가깝기 때문이라는 결론을 내리고, 둘 사이의 차이를 좀 더 돋보이게 하는 일에 힘을 쏟기 시작했다. 그중에서도 지구 스포츠협회 사람들이 가장 열심이었다.

'로봇은 인간이 만들었지만 인간은 신성한 자연의 선물입니다.'

'로봇은 한계가 정해져 있지만 인간은 한계를 넘어서는 꿈을 꿉니다.'

이런 구호를 내걸고 지구 스포츠협회는 인간의 한계를 뛰어넘는 걸 목표로 하는 육상이나 수영 같은 기록경기들을 프로 스포츠로 만들어 냈으며, 수많은 스포츠 스타를 탄생시켰다.

홀로비전으로 지구의 스포츠를 보며 자란 뉴글로브 어린

이들은 지구로 가서 스포츠 스타가 되는 꿈을 꾸었다. 그러나 지구인들은 뉴글로브인들이 육상경기에 참가하는 것을 금지했다. 뉴글로브와 지구의 중력이 다르기 때문에 육상 종목에서 뉴글로브인이 유리하다는 이유에서였다. 얼핏 생각하면 그 주장은 그럴듯해 보였다. 지구보다 약간 큰 중력에 적응하느라 하체가 튼튼해진 뉴글로브인들이 지구에 간다면 달리기나 높이뛰기 같은 종목에서 좋은 성적을 올릴 가능성이 있기 때문이다.

그래도 뉴글로브인들의 요구가 계속되자 지구인들은 할 수 없이 투창이나 투포환 같은 던지기 종목에 참여할 기회를 주었다. 하지만 상체가 약한 뉴글로브인들은 불리할 수밖에 없었다.

당연히 뉴글로브인들은 불만을 쏟아냈고 뉴글로브 식민회사도 지구 스포츠협회에 압력을 넣었다. 결국 지구인들은 마지못해 장대높이뛰기 종목에도 참가 자격을 주었다. 아마도 다리 힘만으로는 쉽게 도전하기 힘든 종목이라고 짐작했기 때문일 터였다.

그러나 얼마 뒤 지구인들의 예상을 보기 좋게 깨고 최초의 뉴글로브 출신 스포츠 스타가 나타났다. 그의 이름은 비나로였다.

"엄마, 비나로야, 비나로!"

홀로비전을 보던 준하가 눈빛을 반짝이며 소리쳤다.

마침 경기장에는 뉴글로브가 낳은 영웅 비나로가 등장하고 있었다.

작은 키, 좁은 어깨에 굵은 다리, 전형적인 뉴글로브인의 몸매를 한 비나로가 금빛 장대를 들고 늠름하게 운동장을 가로지르자 관중이 모두 일어서서 환호했다. 준하도 홀로비전 영상 속에 섞여 목이 터져라 비나로의 이름을 불렀다.

출발선에 선 비나로는 몇 번 심호흡을 하더니 가볍게 도움닫기를 시작했다.

준하는 마치 자기가 지구의 경기장을 가로지르고 있는 것처럼 가슴이 두근두근 뛰었다.

점점 속도를 높여 가던 비나로가 장대를 박스에 꽂고 몸의 무게를 그대로 싣자 장대가 활처럼 휘었다. 부러질 듯 팽팽하게 굽었던 장대를 일자로 튕기면서 허공으로 날아오른 비나로가 몸을 쫙 펴는 순간, 준하는 가슴이 터질 것 같았다.

'아, 나도 비나로처럼 하늘을 날고 싶다!'

문득 홀로비전에서 봤던 갈매기의 날갯짓이 떠올랐다.

뉴글로브에는 하늘을 나는 새가 없다. 초기 개척자들이 지구에서 가져온 냉동 배아를 배양해 몇 종류의 새를 만들었지만, 새들은 지구보다 강한 뉴글로브의 중력을 견뎌 내지 못했다. 간혹 날 수 있는 새들이 태어났지만, 먹잇감이 될 만한 벌레나 열매가 충분하지 않다 보니 자연스럽게 멸종하고 말았다. 그래서 뉴글로브 사람들이 실제 볼 수 있는 조류라고는 식용으로 키우는 닭과 지구 체험관 부속 동물원에 갇힌 비둘기들이 전부였고, 멋지게 날갯짓하며 하늘을 나는 새들은 오직 홀로비전 속에서만 볼 수 있었다.

한 마리 새처럼 하늘을 날던 비나로는 가로대를 넘어 매트 위에 가볍게 떨어져 내렸다.

준하는 한참 동안 손뼉을 치며 환호하다 엄마에게 물었다.

"엄마, 정말 나도 비나로처럼 멋진 선수가 될 수 있을까요?"

"그럼, 당연하지."

엄마가 준하의 머리를 쓰다듬으며 말했다.

"어릴 때부터 꾸준히 연습해 왔잖니?"

준하가 유독 점프를 좋아하는 걸 눈여겨본 엄마 아빠는 준하가 다섯 살 때부터 장대높이뛰기를 연습시켰다. 처음에는 무릎 높이부터 시작해 날마다 손톱만큼씩 꾸준히 장애물을 높이는 방식으로 훈련을 거듭했다. 그 결과 이제 준하는 자기 키의 세 배 가까이 뛸 수 있게 되었다.

"준하야, 알지? 지구에 가면 훨씬 더 열심히 해야 해. 장대높이뛰기 선수가 되려는 사람들은 엄청나게 많으니까."

"네, 엄마. 잘 알고 있어요."

"그래. 지구인이 된다는 건 결코 쉬운 일이 아니란다."

엄마는 주먹을 불끈 쥐고 다짐하듯 말했다.

"꿈은 말이야……, 결코 쉽게 이뤄지지 않아."

꿈을 찾아 뉴글로브로 떠나온 선조와 달리 그 후손들은 다시 지구인이 되는 꿈을 꾸고 있다.

　그렇게 된 데에는 홀로비전의 영향도 무시할 수 없다. 홀로비전 속 지구인의 모습은 늘 활기차고 멋지다. 그에 반해 뉴글로브 사람들은 무뚝뚝하고 재미가 없다. 홀로비전에 나오는 스포츠 게임이나 공연, 화려한 볼거리는 뉴글로브에서 찾아보기 힘들다. 설령 있다고 해도 지구의 프로그램을 그대로 베낀 것이 대부분이다.

　홀로비전에서는 지구가 우주의 중심이며 가장 멋지고 재미있는 곳이라는 이야기가 온종일 흘러나온다. 그러니 홀로비전에 푹 빠져 사는 뉴글로브인들이 지구인을 부러워하는 건 어쩌면 당연한 일이다.

　준하 또한 지구 어린이들보다 늘 몇 걸음 뒤처진 듯한 기분을 느끼며 살아왔다. 홀로비전 속 지구인들이 쭉쭉 뻗은 다리로 걷는 모습을 볼 때면 부럽다 못해 샘이 났다. 운명적으로 일등이 아니라 이등으로 태어난 기분이 얼마나 씁쓸한지는 느껴 본 사람만이 알 수 있다. 게다가 그 차이가 쉽게 극복될 수 없다면 더욱 그렇다.

　'쳇, 왜 하필 뉴글로브야? 지구보다 중력이 약한 별을 식민지로 삼았다면 키가 훨씬 컸을 텐데…….'

　이렇게 툴툴대긴 해도 준하가 뉴글로브를 싫어하는 것은 아니다. 뉴글로브의 자연이 얼마나 아름다운지, 초기 개척자들이 얼마나 위대했는지 잘 알고 있고, 뉴글로브인이 지구인보다 뛰어난 점도 많다는 사실 역시 잘 알고 있다.

그러나 문득문득 이런 생각이 드는 건 어쩔 수 없다.

'그래 봤자 지구의 식민지인걸……'

뉴글로브인들 중에는 준하처럼 식민지 행성에서 태어났다는 불만을 품고 사는 사람들이 많다. 아무리 잘난 사람들도 마찬가지다. 그 억울함을 푸는 방법은 오직 지구인이 되는 방법밖에 없다.

그러나 지구는 마음먹는다고 쉽게 갈 수 있는 곳이 결코 아니다. 가난한 사람은 비싼 우주 항공권을 구할 수 없어서 못 떠나고, 부자들은 뉴글로브에 두고 가야 할 재산이 아까워서 쉽게 떠나지 못한다. 지구에 투자하거나 돈을 송금할 수는 있지만 큰 재산을 갖고 뉴글로브를 떠나는 것은 금지하는, 재산 반출 금지법 때문이다.

비나로도 지구인이 되기 위해 힘든 일을 겪었다. 장대높이뛰기 지구 챔피언십에서 처음 우승한 뒤 비나로는 인터뷰에서 이렇게 말했다.

"부모님은 저를 위해 모든 것을 희생하셨어요. 사십 년 전, 장대높이뛰기 종목에 뉴글로브인들의 참가가 처음 허용됐을 때 부모님은 저를 지구에 보내기로 결심하셨지요. 부모님은 제 우주 항공 요금을 대기 위해 뉴글로브에 남으셔야 했습니다. 뉴글로브를 떠나 동면에 들어간 제가 삼십 년이 지나 지구에 도착해서 눈을 떴을 때, 저는 부모님 두 분이 얼마 전 돌

76

아가셨다는 소식을 들었지요……."

비나로는 주르륵 눈물을 흘리며 말을 이었다.

"두 분은 평생 모은 재산을 제게 유산으로 남겨 주셨어요. 거기에서 우주 항공 요금을 빼고 나니 여섯 달도 채 버티지 못할 액수가 남더군요. 부모님이 저를 지구에 보내기 위해 평생을 바치셨다는 생각을 하니 그 여섯 달을 도저히 헛되이 보낼 수 없었습니다."

그때 겨우 일곱 살이던 준하는 우주 항공 요금이 왜 그리 비싼지, 지구 물가가 왜 그렇게 비싼지 이해하기 어려웠다. 그래도 지구인이 되는 일이 만만치 않다는 사실만큼은 잘 알 수 있었다.

그런데 지금 준하는 그렇게 가기 어렵다는 지구로 가고 있다. 그것도 엄마 아빠와 함께.

'비나로에 비하면 나는 참 운이 좋은 편이야.'

준하는 진심으로 그렇게 생각했다.

이런 행운이 찾아온 건 준하 아빠가 항성 간 우주선에 로봇 감독관으로 취직한 덕분이었다.

사람을 태워 나르는 항성 간 우주선에는 로봇을 점검하고 감독하는 기술자가 반드시 탑승해야 한다는 안전 규칙이 있다. 일상적인 우주선 운항과 수리는 로봇이 담당하지만, 예측하지 못한 위험에 대응하고 로봇을 감독하는 일은 인간이 맡기 때문이다.

아빠는 그런 일을 하면서 준하가 동면에 들어가 있는 30년 동안 봉급을 받는다고 했다. 경쟁이 엄청나게 치열한 자리였지만, 뉴글로브 식민회사에 다니는 먼 친척이 힘을 써 준 덕분에 겨우 일자리를 구했다고 했다. 아빠는 그렇게 모은 돈으로 준하와 엄마 두 사람의 우주 항공 요금을 댈 계획이라고 했다.

그 말을 듣고 준하가 물었다.

"아빠는 그럼 삼십 년 동안 깨어 있는 거예요?"

"그건 아니고, 우주정거장에 도착할 때마다 두세 달씩 깨어 있으면 돼. 한 열 번쯤. 그리고 다시 가속한 뒤에 이상이 없는지 확인하고 또 잠들고, 그렇게 반복하는 거지."

"힘들겠다."

"힘들어도 할 수 없지. 그래야 우리 아들하고 지구에 갈 수 있으니까."

아빠는 준하의 뺨에 까칠한 턱을 비비며 말했다.

준하 아빠는 원래 동식물 복제를 전문으로 하는 생명공학자로, 지구에서 보내온 각종 배아 세포를 뉴글로브 환경에 맞게 변형하고 배양하는 일을 했다. 그러나 자식의 미래를 위해 직업까지 바꾸고 준하를 따라나선 것이다. 마침 아빠 친구인 테리 아저씨도 함께 취직이 되어 준하는 절친 케빈과 함께 지구에 갈 수 있었다.

'아, 부모님 기대에 어긋나지 않아야 할 텐데⋯⋯.'

준하는 지구인이 된다는 생각에 설레면서도 한편으로는 어깨가 무거웠다.

비나로가 관객들의 환호를 받으며 퇴장하는 장면이 홀로그램 가득 펼쳐질 무렵, 안내 방송이 흘러나왔다.

"동면 시작 시간이 얼마 남지 않았습니다. 화장실에 다녀오실 분들은 어서 다녀오시기 바랍니다."

사실 준하는 아까부터 소변이 마려웠지만 육상경기를 보느라 케빈이 화장실에 다녀올 때도 꾹 참고 버텼다. 방송이 채 끝나기도 전에 준하는 화장실을 찾아 뛰어나갔다.

"휴, 하마터면 큰일 날 뻔했네."

서둘러 볼일을 마친 준하는 휴게실로 돌아오는 길에 전망대 쪽에서 내려오던 같은 학교 친구 피터와 마주쳤다.

"어, 피터! 너도 지구에 가는 거야?"

준하가 반갑게 인사하자 피터는 뭔가를 들킨 사람처럼 얼굴이 빨개지더니 일등석 쪽으로 후닥닥 뛰어갔다.

"뭐야? 저 녀석……."

휴게실로 돌아온 준하는 케빈에게 방금 전 일을 들려주었다.

"케빈, 나 방금 전에 복도에서 피터 봤다."

"정말? 피터도 지구로 가는 건가? 그런 얘기 못 들었는데."

"알 게 뭐야. 그런데 그 녀석, 날 모르는 척하더라고."

"왜?"

"몰라. 아무튼 내가 먼저 인사했는데, 고개를 휙 돌리더니 일등석 쪽으로 달려갔어. 우, 씨! 피터 그놈, 생각할수록 기분 나쁘네. 자기는 일등석 승객이라 이거지?"

"설마. 걔가 좀 까칠하긴 해도 그렇게 못되진 않았는데, 혹시 잘못 본 거 아냐?"

"아니, 피터랑 완전 똑같이 생겼어."

"흠, 이상하다. 피터 아빠가 뉴글로브 은행장인데, 그런 부자들은 재산반출 금지법 때문에 뉴글로브를 쉽게 떠나지 못하잖아. 그렇다고 아들 혼자 지구로 보내진 않을 테고……."

"아니야, 분명히 피터 맞아. 케빈, 못 믿겠으면 우리 일등석으로 확인하러 가 보자."

그러자 옆에서 이야기를 듣고 있던 엄마가 끼어들었다.

"준하야, 쓸데없는 짓 하지 마. 그냥 닮은 사람일 거야."

케빈 엄마도 맞장구를 쳤다.

"맞아, 뉴글로브인 중에 비슷하게 생긴 사람이 어디 한둘이니? 지금이야 금지됐지만 개척 초기에는 복제 인간이 많았으니까 그 후손 중에 비슷한 유전자를 가진 사람도 있을 거야."

지구는 물론 뉴글로브에서도 인간 복제 기술은 금지되어 있다. 그러나 뉴글로브 개척 초기에는 행성을 개척할 인력이 부족해서 유전공학을 이용한 인간 복제 기술을 허용한 적이 있다. 그때 복제 인간을 많이 만들어 냈기 때문에 그 후손 중에는 서로 닮은 사람들이 꽤 많았다.

이번엔 준하 엄마가 케빈 엄마의 말을 거들었다.

"그래. 나도 학교 다닐 때 나랑 똑같이 생긴 친구가 있어서 깜짝 놀랐다니까."

"하지만……."

준하가 뭐라고 말하려는 순간, 안내 방송이 흘러나왔다.

"승객 여러분께 알립니다. 승객 여러분은 모두 동면실로 이동해 주시기 바랍니다."

엄마가 방송을 듣고 마침 잘됐다는 듯이 준하를 잡아끌었다.

"빨리 가자. 일찍 가야 기다리지 않지."

일인실과 가족실이 마련된 일등석 동면실과 달리 이등석 동면실은 모두 10인실로, 한 방에 열 명씩 눕는 구조였다. 준하가 잠들게 될 동면실에는 안내 로봇이 승객들을 기다리고 있었다.

준하는 로봇의 안내에 따라 탈의실에서 동면복으로 갈아입고 투명한 관처럼 생긴 캡슐에 누웠다.

준하는 동면이 처음이라 몹시 긴장했다. 동면을 경험한 사람들 말에 따르면 동면은 잠자는 것과는 다르다고 했다. 눈을 감았다 뜰 때까지의 시간이 무척 짧게 느껴지고 아무 꿈도 꾸지 않는다고 했다. 그런 상태가 어떤 상태인지 말로만 들어서는 잘 알 수 없었다.

확실한 사실은, 동면에 들어간 사람에겐 30년이라는 시간이 흐르지 않는다는 거다. 그래서 깨어나 보면 몸은 여전히 열세 살인데, 바깥세상은 30년이 지나 있을 것이다.

'그럼 내 나이는 몇 살인 거지? 열세 살? 아니면 마흔 세 살?'

캡슐에 누운 준하는 머릿속이 복잡해졌다.

"마음 편히 가져. 눈 한 번 딱 감았다 뜨면 돼. 그럼 세상이 바뀌어 있을 거야."

엄마가 긴장한 준하를 내려다보며 말했다.

준하는 마음을 가라앉히기 위해 숨고르기를 했다. 곧이어 캡슐이 저절로 닫혔고, 준하는 저도 모르게 정신을 잃었다.

'아, 추워!'

준하는 온몸에 한기를 느끼며 눈을 떴다.

'여기가 어디지?'

잠이 덜 깨어 얼떨떨한 준하에게 엄마가 다가왔다.

"괜찮니?"

엄마가 걱정스러운 얼굴로 말했다.

"다른 사람들보다 늦게 깨어나서 놀랐잖아."

"여기 어디예요?"

"어디긴? 지구지."

"지……구?"

믿기지 않았다. 잠깐 눈을 감았다 떴을 뿐인데 지구에 와 있다니. 그새 벌써 30년이 흐른 걸까? 준하는 꼭 꿈을 꾸고 있는 기분이었다.

"어서 준비하자. 수속을 마치고 아빠를 만나기로 했거든."

준하는 캡슐에서 일어나 옷을 갈아입었다.

잠시 후 선내 방송이 흘러나왔다.

"골드펭귄호의 하선 준비가 완료되었습니다. 로봇의 안내에 따라 일등석부터 차례대로 내려 주시기 바랍니다."

준하 일행은 지구에 들어가기 위한 복잡하고 까다로운 수속을 마치고 만남의 돔에서 아빠를 기다렸다.

잠시 뒤, 선원복을 입은 준하 아빠와 케빈 아빠가 만남의 돔으로 들어왔다.

"준하야! 이게 얼마 만이냐."

준하에게 달려온 아빠는 감개무량한 표정으로 준하를 꼭 끌어안았다. 준하는 아빠의 그런 행동이 조금 과하다 싶었다. 그사이 30년이 흘렀지만, 준하는 아빠와 헤어진 지 채 하루도 지나지 않은 느낌이었으니까.

긴 우주여행 동안 깼다 잠들기를 여러 번 반복하며 고생한 탓일까? 준하 아빠의 몸은 예전보다 마르고 길쭉해 보였다.

준하에게 유독 살갑게 굴던 아빠는 엄마와는 인사도 하는 둥 마는 둥 했다. 부부 사이치곤 어쩐지 둘 사이가 어색했지만 준하는 별스럽게 여기지 않았다. 오히려 그런 모습이야말로 엄마 아빠의 평소 모습이었기 때문이다.

공항을 빠져나오자 화려한 건축물과 파란 하늘이 눈앞에 펼쳐졌다. 처음 보는 아름다운 하늘빛을 보니 비로소 지구에

왔다는 사실이 실감 났다.

가슴이 두근두근 뛰었다. 중력 변화 때문에 살짝 현기증이 났지만, 몸이 훨씬 가벼워진 느낌이었다.

준하는 두 발에 힘을 주고 하늘을 향해 뛰어올랐다. 지구에 서라면 훨씬 더 높이 뛸 수 있을 것 같았다.

'드디어 지구인이 됐다!'

희망으로 가슴이 한껏 벅차오른 준하는 높이 뻗은 두 팔을 힘차게 흔들었다. 자기가 떠나온 뉴글로브에 영원히 작별 인사를 하듯이.

준하가 지구의 땅을 박차고 뛰어오르던 그 시각, 지구에서 10광년 떨어진 뉴글로브의 어느 연구소에서는 머리가 하얗게 센 노인 두 명이 차를 마시며 이야기를 나누고 있었다.

"지금쯤 도착했겠지?"

"그러게, 벌써 삼십 년이 흘렀네."

"으흠, 나이가 들어서 그런지 자꾸 허전한 마음이 들어."

"나도 그래. 꿈자리도 뒤숭숭하고……. 자꾸 엉뚱한 행성에 서 다시 태어나는 꿈을 꾼다고."

"우리, 잘 살고 있는 거 맞지?"

"글쎄, 그건 잘 모르겠지만 어쨌든 최선을 다했지. 두 사람의 항공 요금에 정착 자금까지 대려면 선원 생활로 버는 돈만으로는 부족하니까."

"그래, 맞아. 우리가 지구에 가서 무슨 일을 할 수 있겠어? 그나마 여기선 불법 복제라도 해서 돈을 몇 배나 모을 수 있지만……. 그건 그렇고, 뉴글로브 식민회사하고 얘기는 잘된 거지?"

"응. 뉴글로브 현지 책임자도 우리 고객 아닌가. 우리 분신들이 지구에서 일자리를 구하지 못하면 다시 뉴글로브로 오는 우주선에 선원 자리를 주기로 했어. 선원 생활로 버는 돈이면 우리 애들이 클 때까지 학원비 정도는 댈 수 있을 거야."

"휴, 그때쯤이면 우리는 이 세상에 없겠군. 우리 애들이 이런 사실을 알게 될까?"

"당분간은 모르는 게 좋겠지. 지금은 높이 뛰는 일에만 집중해야 하니까."

"후회하지 않나?"

"글쎄, 난 이런 생각을 해. 장대만 있으면 그냥 뛰는 것보다 훨씬 높이 뛸 수 있지 않나? 내 아이가 더 높이 뛸 수 있다면 기꺼이 장대가 되어 주려는 게 부모 마음 아닌가……."

"그래, 자네 말이 맞네. 우리는 장대가 되면 그걸로 충분한 거야. 다른 욕심을 부려서는 안 되지……. 그나저나 이제 일을 시작해야겠군."

"그래, 그러세. 우리 애들을 떳떳한 지구인으로 만들려면 열심히 일해야지."

대화를 마친 두 노인은 비밀 연구실로 통하는 문을 열고 들어갔다. 연구실 한쪽에는 배양액으로 가득 찬 투명 캡슐 수십 개가 나란히 놓여 있었고, 일련번호가 매겨진 캡슐 속에는 갓 태어난 아기들이 잠들어 있었다.

"다음 달까지 몇 명이 필요하다고 했더라?"

"스물두 명. 모두 지구인이 될 일등석 승객 대신 뉴글로브에 남을 분신들이야."

"흠, 어디 보자. 의원 나리에다 기업 총수까지, 다들 뉴글로브의 미래를 이끌어 나갈 높으신 분들과 그 가족들이로군."

"허허, 신분을 바꾸고 몰래 지구로 떠난 주인들에게 열심히 송금할 노예들이기도 하지."

"이러다 뉴글로브의 지배자들은 다 복제 인간만 남게 생겼어. 우리, 정말 잘한 걸까? 맨 처음에 은행장의 제안을 거절했다면 어떻게 됐을까?"

"또 마음 약한 소리……. 그랬으면 우리 아이들의 미래도 없었을 거야. 자, 정신 차리세. 저기 이십일 번부터 사십이 번까지야. 한 달 뒤까지 다들 나이에 맞게 성장시키고 기억 이전 작업까지 끝내야 하니 서둘러야겠어. 삼십칠 번은 노화 주사를 좀 더 놓아야겠어. 쉰 살이 다 된 사람이 삼십 대로 보인단 말이야. 그리고 다들 키를 조금 줄이고 하체 근육을 키우는 걸 잊지 마. 요즘은 다들 속성 완성 주문이라 분신들이 중력에 적응할 시간이 부족하니까."

"알았네. 주인들하고 몸매가 너무 차이 나면 곤란하지. 자,

86

이제 시작하자고."

말을 마친 두 노인은 성실한 뉴글로브 사람답게 부지런히 손을 놀리기 시작했다.

권담 ★ 난 왜 하필 지구인으로 태어났을까? 우주는 저렇게 끝없이 넓은데⋯⋯. 어린 시절 밤하늘의 별을 보며 그런 생각을 할 때마다 어쩐지 가슴 한 켠이 저려 왔던 기억이 납니다. 어른이 되고 나니 다른 행성에서 태어난다고 뭐 뾰족한 수가 있을 거라 생각하진 않지만, 그래도 우주 어딘가에 고단한 지구인들을 달래 줄 따뜻한 별이 있으면 좋겠다고 생각합니다. 지구가 바로 그런 별이 된다면 더욱 좋겠지요.

레트와 진

★ 이인아

큰 개라면 좋겠다. 선물이라면 정말 갖고 싶은 것을 받을 수 있었으면 좋겠다고 소년은 생각했다. 앤디든 진짜 개든 상관없었다.

앤디는 인기가 많았다. 앤디는 안드로이드 펫 회사 중에 가장 유명한 피셔-안드로이드 사의 첫 번째 강아지 이름이었다. 지금은 안드로이드 펫을 통틀어 앤디라고 불렀다.

초기에 나온 앤디는 장난감처럼 움직임이 엉성했지만 요즘 나오는 것은 달랐다. 털을 쓰다듬으면 몸을 기대 왔고, 눈동자를 들여다보면 무슨 말을 하는 것만 같았다. 안으면 따듯할뿐더러 심장박동까지 느껴졌다. 달리거나 뛰어오르는 몸놀림이 예술이라는 소리를 들을 만큼 진짜 같았다. 특히 대형견은 남자아이들뿐 아니라 어른들에게도 큰 관심을 끌었다.

그렇다고 해서 진짜 개의 인기가 시들해진 것은 아니었다. 사람들은 안드로이드도 좋아했고 살아 있는 보통 개도 좋아했다. 조리대에서 부모가 요리를 하고 부엌 바닥에서 꼬마들이 소꿉놀이를 하고 그 옆에서 요리 로봇이 감자 깎는 광경이 이상하지 않듯, 사람들은 별다른 거부감 없이 진짜 개도 키우고 앤디도 키웠다. 아흔이 넘은 할머니가 앤디와 여생을 보내기도 했고, 아직 학교에 들어가지 않은 아이가 진짜 개만 고집하기도 했다. 이유는 다 제각각이었다.

앤디 산업이 발달하면서 운송 방식도 세분화됐다. 앤디는 충격에 강한 프레자일 특송으로, 살아 있는 진짜 개는 호흡이 가능한 수면 상태에서 배송되는 브리딩 특송으로 배달되었다. 이 둘을 합쳐 FB 특송이라고 했다.

FB 상자는 생일날 아침 소년 앞에 도착했다.

최첨단 소재의 상자가 소년 앞에서 환한 광채를 내며 내부의 보존 체제를 해제하는 작업을 하고 있었다. 내부를 채우고 있던 안개가 사라지자 투명한 뚜껑을 통해 두 마리 개가 자고 있는 모습이 보였다. 서로 감싸듯 몸을 둥글게 말고 있었다. 소년은 너무 좋았다. 두 마리라니.

상자와 함께 배달된 메시지 카드에는 할머니가 보내는 영상이 들어 있었다.

"선물이 마음에 들기를 바란다. 진짜배기란다."

할머니는 가끔 소년이 모르는 말을 쓰곤 했다.

소년은 어깨를 으쓱했다. 진짜배기가 뭐지? 진짜 멋지게 움직인다는 뜻인가? 진짜 대단하다는 뜻인가? 아니면 진짜 개라는 뜻인가?

순간 많은 생각을 했지만 그것도 잠시, 소년은 금세 잊어버렸다. 둘 다 마음에 쏙 들었기 때문이었다.

곤히 자고 있는 두 마리의 개. 한 마리는 황금색 털이 물 흐르는 것처럼 넘실거리는 레트리버였고, 또 한 마리는 짧고 흰 털이 반질반질한 진돗개였다.

"정말 멋져!"

설명서가 알려 주는 대로 상자를 열고 두 마리 개를 깨울 준비를 했다. 사람의 온기가 전해지면 깨어나게 되어 있었다. 어서 깨우라는 듯 끌어안고 쓰다듬는 안내 영상이 반복되고 있었다.

드디어 내 개가 생기는 거야.

태어나 처음 개를 가져 보는 순간이었다. 소년은 조심스럽게 손을 뻗었다. 손바닥의 온기가 충분히 전해지도록 천천히 쓰다듬자, 두 마리 모두 잠에서 깨어났다.

진돗개는 잠에서 퍼뜩 깼다. 고개를 빳빳이 쳐들고 눈을 동그랗게 뜨고는 상자 밖을 살폈다. 잔뜩 긴장한 모양이었다.

레트리버는 잠에 취해서 눈을 뜨지 못한 채 고개만 들었다가 코를 한번 킁킁거리더니 냅다 상자 밖으로 뛰쳐나왔다. 덕분에 뒷발에 차여 상자가 쓰러졌다. 물론 진돗개도 함께.

"레트…… 그러면 안 돼."

이렇게 해서 레트리버의 이름은 레트가 되었다.

뛰쳐나왔다가 거실을 한 바퀴 돌아 소년에게 달려온 레트는 긴 혀를 내둘러 소년의 얼굴에 침을 발랐다. 발이 무지 빠를뿐더러 힘도 어지간히 센 모양이었다. 특송 상자가 꽤 무거웠을 텐데도 쓰러뜨린 걸 보면.

레트를 살짝 밀쳐 내며 소년은 얼른 상자 안을 살폈다.

"괜찮니, 진……?"

진돗개의 이름도 역시 그렇게 해서 진이 되었다.

진은 어느새 상자를 빠져나와 벽 쪽에 서 있었다. 벽을 등지고 이쪽을 살피는 것 같았다. 천장, 소년, 레트, 벽, 소년, 레트……, 이런 순서로.

소년이 손짓으로 부르자 진은 천천히 다가와 소년의 손과 무릎과 발그레한 뺨의 냄새를 맡았다. 혀를 내민 채 헐떡이고 있는 레트의 냄새까지 샅샅이 맡았다. 그러고는 무슨 결론이라도 내린 듯이 짖었다.

웡!

공원은 호수를 끼고 조성된 넓은 곳이었다.

넓은 잔디밭이 유명한데, 그곳에서 사람들은 한가로이 주말 한때를 보내거나 가족끼리 소풍을 즐겼다. 요즘은 보기 힘든 구식 기계가 매주 한 번씩 넓은 잔디밭을 행진하듯 돌아다니며 잔디를 깎았는데, 이 구식 잔디깎이도 꽤 유명한 구경거리였다. 거대한 날을 돌리며 움직이기 시작하면 잔디가 사방으로 날리기 때문에 작은 소란처럼 눈길을 끌었다. 공원이 처음 마련됐을 때부터 돌리던 이 대형 기계를 보면서 부모들은 아이들과 함께 잔디밭에 앉아 옛 추억이나 공원의 역사를 이야기하기도 했고, 인공 잔디와 진짜 잔디에 대해 이야기하기도 했다.

소년도, 레트와 진도 공원을 좋아했다. 공원에서 하는 운동은 무엇이든 좋아했는데, 원반던지기는 공원에서만 할 수 있는 놀이라 특히 좋아했다. 한없이 펼쳐진 하늘처럼 높이 멀리 어디로든 던질 수 있다는 기분이 들기 때문이었다. 그뿐만 아니라 원반이라는 것이 던진 대로 날아가는 게 아니라 던진 방향과 상관없이 휘돌기 때문에, 예상치 못한 곳으로 방향을 트는 원반을 낚아채거나 떨어지는 지점을 정확하게 예상해 내는 것이 묘미였다.

레트는 뛰는 걸 유난히 좋아했다. 공원에서 레트가 달리기 시작하면 많은 사람들이 쳐다봤다. 사냥감을 쫓듯 긴 털을 휘날리며 원반을 향해 달리는 몸놀림은 시선을 끌기에 충분했다. 레트가 달리면 꼬마들은 눈을 떼지 못했고, 어른들은 휘파람을 불거나 박수와 환호를 보내 주었다.

레트는 좀 웃긴 구석이 있었다. 워낙 달리는 걸 좋아해서 소년이 던지는 건 뭐든지 물어 왔다. 그것도 아주 빠른 속도로. 속도로 치자면 공원에 오는 어떤 개보다도 빨라서 소년을 뿌듯하게 했다. 하지만 안타깝기도 했다. 너무 빨라서 제때에 멈출 수가 없기 때문이었다. 게다가 성질도 급했다. 소년이 원반 던지는 시늉만 해도 달려 나갔다. 원반이 하늘을 가르고 있을 때 그 아래에는 늘 원반보다 빠르게 달리는 레트가 있었다. 원반과 달리기 경쟁이라도 하듯 레트는 언제나 원반보다 앞서 있었다. 달리는 모습만큼은 공원에 있는 사람들의 작은 탄성을 이끌어 낼 만큼 멋졌고, 원반이 떨어질 때쯤이면 저 개가 얼마나 멋진 점프로 잡을까 기대에 차게 했다.

그러나 레트는 항상 원반을 잡지 못했다. 달리는 걸 멈출 수 없기 때문이었다. 재빨리 속도를 줄이긴 했지만 이미 원반은 땅에 떨어진 후였다. 얼른 되돌아오려고 급히 몸을 돌리는 바람에 네발이 모두 미끄러지기도 했다. 넘어지는 레트를 보고 사람들은 푸핫 하고 웃음을 터뜨렸다.

레트는 멋지고 웃겼다. 그리고 언제나 실패했다. 그래서 사람들이 더 좋아했다. 재미있는 것은, 레트가 이런 상황을 즐기는 듯 보인다는 것이었다. 떨어진 원반을 물고 소년에게 돌아올 때면 콧대를 잔뜩 세우고 거드름 피우듯 천천히 걸어왔다.

진은 소년이 원반을 던진 순간에 뛰어나갔다. 바람을 가르는 소리를 듣는지 어쩌는지 모르겠지만, 뒤를 돌아보거나 확인하지 않고도 원반의 위치를 항상 정확하게 파악했다. 원반을 잡을 수 있는 정확한 지점에서 점프해 단 한 번에 물고 착지했다. 노련한 럭비 선수처럼 한 치의 실수도 없었다.

둘은 달랐다. 레트가 털을 멋지게 휘날리며 엉뚱하게 뛰어다닌다면, 진은 필요한 때만 뛰었으며 침착하고 정확하고 노련했다. 레트가 혀를 내밀고 헐떡거리는 데 비해 진은 씩씩대지도 않았다.

무엇보다 사람들이 가장 집중하는 순간은 두 마리가 함께 뛰어나갔을 때였다. 소년이 원반을 던진 순간 레트는 진보다 먼저 뛰어나가 원반보다 앞서 달렸고, 진은 원반 바로 아래에서 달렸다. 당연히 원반은 진의 몫이었고 레트는 미끄러지기만 했다.

원반을 물고 착지한 순간, 진은 거기서 딱 멈췄다. 보통은 원반을 물고 주인에게 달려올 텐데 진은 그러지 않았다. 고양이가 쥐를 잡고 잠깐 그러듯이 앞발로 원반을 지그시 눌렀다. 가슴을 펴고 엉덩이를 내린 채 원반을 짚고 기다렸다. 그러면 뒤늦게 달려온 레트가 혀를 길게 빼고 헉헉거리며 원반을 코로 툭툭 쳤다. 내놓으라고 끙끙거리는 것이었다. 이때쯤이면 사람들은 레트를 보며 또 웃었다.

진은 기다렸다. 소년, 레트, 원반을 한 번씩 쳐다보며 기다렸다. 소년이 웃으며 신호할 때까지.

"이리 와!"

소년이 소리치면 진은 앞발을 치웠다. 잽싸게 물고 달리는 것은 레트였다. 진도 물론 달렸지만, 원반을 물고 소년에게 가는 것은 레트였다. 진은 레트를 따라 뛸 뿐이었다.

이쯤 되면 환호의 휘파람을 불며 "잘 달렸다!" 외치는 사람도 있고, "잘생겼다!" 칭찬하는 사람도 있었다. 대부분은 박수갈채를 보냈다. 레트는 승리한 전사처럼 소년 옆에서 고개를 빳빳이 들었고 마찬가지로 진도 고개를 쳐들고 그 옆에 서 있었다. 그러고 나면 으레 꼬마들이 모여들었다.

"형, 만져 봐도 돼요?"

그러면 소년은 가슴을 쫙 펴고 고개를 끄덕였다.

그러던 어느 날이었다.

소년은 원반을 들고 빙글빙글 돌리며 뭐 재미있는 게 없을까 생각하고 있었다. 레트는 원반에 시선을 고정한 채 엉덩이를 들썩이고 있었고, 진은 멀리 하늘과 호수가 만들어 내는 수평선을 바라보고 있었다.

이윽고 소년이 원반 던지는 자세를 취했다.

"뛰어!"

소년의 말이 끝나자마자 레트는 뛰어나갔고, 진은 아직 준비 자세였다.

아주 짧은 순간이었지만, 그 순간 소년은 자세를 바꾸어 다른 방향으로 원반을 던졌다. 장난칠 셈이었다. 오늘은 어떻게 될지 궁금했다. 레트와 진이 또 다른 즐거움을 안겨 주리라는 기대감까지 생겼다.

소년은 레트와 진을 자랑스럽게 바라보았다. 내 개들…….

예상대로 레트와 진은 다른 방향으로 달렸다. 레트는 엉뚱한 쪽으로, 진은 원반을 따라.

신기한 일이 벌어졌다. 전혀 다른 방향으로 뛰던 레트가 서서히 방향을 튼 것이다. 한 번도 돌아보지 않았는데 어떻게 알았는지 원반이 날아가는 쪽으로 정확하게 방향을 잡아 가기 시작했다.

하지만 이번에 레트가 원반을 잡을 가능성은 없어 보였다. 레트가 아무리 빠르다 해도 정확하게 원반을 따라가고 있는 진을 제치고 원반을 잡을 수는 없을 테니까. 더구나 진이야말로 언제나 정확하지 않았던가.

그런데 상황이 조금 변했다. 원반이 레트 쪽으로 조금씩 방향을 바꾸기 시작한 것이다. 레트가 방향을 제대로 잡는다면 경쟁이 될 것도 같았다.

파랗고 높은 하늘을 빨간 원반이 가로질렀고, 그 아래를 진이 달리고 있었다. 그리고 반대쪽에서 레트가 달려오고 있었다. 원반이 방향을 조금 더 바꾸자 레트와 진이 거의 마주 보듯 달리는 모양새가 되었다. 서로 다른 방향에서 달려와 원반 잡는 경쟁을 하는 셈이었다.

소년은 자기도 모르게 주먹을 쥐었다. 사람들도 원반과 개들을 지켜보고 있었다. 어떻게 될 것인가.

레트가 워낙 빠르게 뛰고 있어서 이대로라면 레트가 원반을 물 수도 있었다. 물론 처음부터 원반을 따라간 진이 잡을 가능성이 더 컸다. 그런데 사람 마음이라는 게 원래 그럴까? 당연히 진이 잡을 거라고 예상하면서도 내심 이번엔 레트가 잡으면 더 재미있지 않을까 하는 생각을 했다. 역전의 상황이 벌어져 레트가 원반을 문다면! 이런 마음이 구경하는 사람들과 소년까지 흥분하게 만들었다.

그때였다. 어디서 낯선 소리가 들려왔다.

"어, 어……."

뭐가 움직이기 시작했다.

원반을 쫓느라 보지 못했던 곳에 잔디 깎는 기계가 있었다. 그제야 사람들도 소년도 잔디 깎는 자동기계가 커다란 칼날을 돌리며 움직이기 시작했다는 사실을 알았다. 잔디를 깎는 시간이 된 것이다. 원반은 하늘 높이 치솟았다가 정점을 찍고 내리닫고 있었다.

소년은 아차 싶었다. 장식품처럼 서 있는 구식 잔디깎이가 일주일에 한 번은 큰 칼날을 돌리면서 진짜로 잔디를 깎는다는 것을 깜빡 잊고 있었다. 이대로라면 원반이 잔디깎이의 칼날 위로 떨어질 수도 있었다.

그 시각이 하필 지금이라니.

사람들의 말소리가 위험을 감지한 웅성거림으로 바뀌었다.

소년은 달리기 시작했다.

"안 돼! 가지 마!"

소년은 소리쳤다. 목이 찢어질 것 같았다.

지금이라도 멈춰야 해. 내 목소리가 들려야 해.

"멈춰! 가지 말라고! 멈추라고!"

하지만 어느 것도 멈추지 않았다. 진도 레트도 잔디 깎는 기계도, 그리고 원반도.

그러다가 한순간, 모든 것이 멈추었다.

"앗!"

사람들이 외쳤다. 언제나처럼 구경하다 지르던 함성이 아닌, 이제까지 웃음과 박수로 환호하던 그 소리와는 너무나 다른 소리로.

하늘 아래 있는 모든 소리가 한 지점을 가리켰다. 레트와 진이 뛰어오른 지점. 그 지점에서 소년은 눈을 뗄 수 없었다. 소년에게는 아무 소리도 들리지 않았다. 그동안 웃고 떠들고 달리고 뛰어오르며 냈던 모든 소리가 그 점으로 모여들었고 그 점 안으로 흡수되었다. 모든 것이.

원반은 정확하게 잔디 깎는 기계의 칼날 위 상공에서 멈췄다. 레트가 원반을 입에 물었다. 기계는 움직임을 감지하고 모터를 멈췄다. 하지만 칼날은 단번에 멈춰지지 않았다. 그리고 진이 레트를 향해 뛰어올랐다.

레트는 원반을 물었고 진은 레트를 밀어붙였다.

레트는 칼날 바깥쪽으로 떨어졌고, 진은 칼날 중심부 가까이로 떨어졌다. 칼날은 멈췄지만 칼날은 지나치게 날카로웠다.

"이런!"

그리고 모든 것이 다시 움직였다. 그 탄식 사이를 누군가의 비명이 가로질렀다.

소년은 있는 힘껏 달리고 또 달렸다. 그러다가 진과 레트가 칼날에 맞아 튕겨 나가듯 떨어진 곳 바로 앞에서 발이 엇갈려 엎어지고 말았다.

눈앞에 진의 짧고 하얀 털이 붙은 귓조각과 레트의 합성 금속 한 조각이 보였다.

공원의 푸른 잔디. 높고 푸른 하늘. 햇살은 어김없이 공평하게 그 빛을 나눠 주고 있었다. 그 아래 쓰러져 있는 레트와 진, 그리고 소년에게도.

소년의 눈에 레트가 빼어 문 혀와 진의 까만 눈동자가 보였다. 레트 앞에는 원반이 놓여 있었다. 소년과 눈이 마주치자 레트가 헐떡거리며 다리를 움직였다. 뒷다리가 떨어져 나가서 움직일 수 없는데도.

소년은 진도 쳐다보았다. 진과 눈을 마주치려 했지만 진은 소년 너머 어느 먼 곳을 보는 듯했다.

가지 마.

소년은 몸 깊은 곳에서 무엇인가 솟아올라 몸을 뚫고 사방으로 터져 나가는 것을 느꼈다. 소년의 귀에는 계속해서 비명 소리가 들려왔다. 누구의 비명인지 알 수 없었다. 온몸이 떨리고 주변이 빙글빙글 돌아서 일어설 수가 없었다. 그저 온갖 소리가 뒤엉키고 눈앞이 계속 흔들릴 뿐이었다.

“얘, 괜찮니?”

사람들이 몰려와 소년과 개들을 살폈다.

“개들은…….”

어떤 여자가 소년을 보며 개에 대해 뭐라고 말하려다 차마 말을 잇지 못했다. 사람들은 소년을 진정시키고 개들을 보호하고 싶었지만 어떻게 해야 할지 몰랐다. 어느 할머니가 소년을 진정시키려고 눈을 들여다보며 말을 시켰지만, 소년은 아무 말도 못했다.

소년은 아무것도 할 수 없었다. 일어날 수도 없었다. 그럴 힘이 사라져 버렸다. 이유를 잃어버렸다.

몇몇 어른들은 개들을 수습해 보려고 했다. 그렇지만 피를 쏟아 내는 개도, 전기 스파크를 일으키고 있는 개도 만지기 어려웠다. 모여 있던 꼬마들이 비명을 지르며 울었다. 엄마들은 아이들을 껴안고 눈을 가렸다. 어떤 남자의 긴박한 목소리가 전화로 이곳의 정확한 위치를 알려 주고 있었다. 이제 곧 구조대가 올 것이다.

오래지 않아 두 종류의 구조대가 도착했다. 한쪽은 안드로이드 펫 사고 보험사 소속 구조대였고, 다른 한쪽은 동물보호협회 산하 구조대였다. 안드로이드 사고 서비스 구급 로이드가 레트의 꿈틀거리는 다리를 잘 받쳐 몸체와 함께 상자에 넣고 옮겼다. 동물 구조대도 충격으로 덜덜 떨며 피를 흘리고 있는 진을 응급 처치로 지혈해서 응급차에 실었다. 개들과 소년의 코드를 읽어 내는 것만으로 많은 것이 처리됐다. 구조대는 빠르게 정보를 처리하고 상황을 수습했다.

그 자리에 꼼짝 않고 엎어져 있던 소년은 아직도 눈앞에 남아 있는 사고 흔적들을 보면서 울었다. 거칠게 뭉개진 잔디, 아직도 선연한 붉은 핏방울, 수습될 수 없었던 잔해들.

구조대에 전화를 걸었던 남자가 곧 부모님이 올 거라고 말했지만 소년은 울음을 멈추지 못했다. 끌어안고 진정시키려 해도 소년은 사람들을 밀쳐 내기만 했다. 사람들이 일으켜 세우려고 하면 도로 주저앉았다. 그러고는 머리를 싸쥐고 옆으로 쓰러졌다. 눈물이 소년의 얼굴을 뒤덮었다.

소년의 손에 귓조각과 금속 조각이 쥐여져 있다는 건 아무도 알지 못했다.

한 달 뒤.

소년의 집에 또 상자가 도착했다. 이번에는 프레자일 특송과 브리딩 특송이 따로 왔다. 프레자일 특송 상자에는 레트가 들어 있었고, 브리딩 특송 상자 안에서는 진이 자고 있었다.

소년은 상자 두 개를 나란히 두고 바라만 보았다.

쓰다듬으면 깨어나게 된다. 쓰다듬게 되면 깨어난다.

소년의 눈에서 눈물이 한 방울 떨어졌다. 투명한 뚜껑 안으로 레트와 진이 보였다.

레트의 다리 하나는 반질반질 윤이 도는 검은색 털로 덮여 있었다. 긴 털이 물결치는 것처럼 가지런하게 빗겨져 있었다. 'RR-2115-황금색. 왼쪽 대퇴 관절 이하 교체. 외장 차후 교체 예정. 일시 품절로 털색이 다르니 교체를 위해 지정된 날짜에 다시 보내기 바람.'이라는 내용의 안내문이 들어 있었다. 털색을 예전처럼 바꿔 주겠다는 것이다.

진의 아랫배에는 가늘지만 선명한 수술 자국이 나 있었다. 귀는 조금 뭉뚝해졌고, 아랫배와 뒷다리와 꼬리는 밝은 갈색이었다. 제때에 이 정도 들어맞는 개체를 찾은 것만 해도 다행이라는 동물 성형 의사의 메시지가 들어 있었다. 앞으로 조심해야 할 점에 대한 지시 사항도 들어 있었다. 특히 개가 받았을 심리적인 충격과 그와 관련된 유의 사항도 있었다.

소년은 망설였다. 자꾸만 눈물이 떨어졌다.

개 두 마리. 눈도 제대로 뜨지 못하면서 달려 나오던 레트. 냄새를 맡고는 웡 하고 짖던 진. 원반을 짚고 당당하게 서 있던 진. 달리기만 잘하는 엉터리 레트. 너무나 정확했던 진. 레트는 왜 원반을 물었을까, 위험하다는 것을 알았을 텐데. 진은 그때 왜 뛰어올랐을까. 레트는 앤디일 뿐인데.

소년은 돌려보내고 싶었다. 불가능하다는 수의학 연구소 연구원들에게 매달려 진을 살려 달라고 애걸복걸할 때도, 신제품으로 교환해 주겠다는 레트를 고쳐 내라고 난리를 피울 때도 이런 마음은 들지 않았다. 오로지 내 개를 살려 내겠다는 생각뿐이었다. 그런데 이제 와서 겁이 났다.

레트와 진을 깨울 수 있을까? 지금이라도 돌려보낼까?

소년은 끌어안고 싶었다. 당장 확 끌어안고 지난날처럼 뛰고 소리치며 놀고 싶었다. 하지만…….

소년은 손에 들고 있던 살점을 내려다보았다. 그 조각은 진작에 말라서 미라처럼 되어 있었다. 작은 합성 금속 조각도 손에 있었다. 그 조각은 전혀 변하지 않고 그대로였다. 그 무엇도 잊을 수 없었다.

할 수 있을까? 그냥 이렇게 다시 깨울 수 있을까? 다치지 않게 할 수 있을까?

소년을 핥아 대던 혓바닥의 느낌. 공중으로 떠오르던 두 마리 개. 이빨 자국만 남아 있는 원반. 탄식으로 가득 찼던 잔디밭. 눈물을 글썽이며 바라보던 사람들. 기억을 떠올릴수록 두 마리 털북숭이를 껴안고 싶은 마음과 절대로 깨우지 말아야한다는 마음이 엇갈렸다.

진짜배기라면서 보내 준 이 두 마리 개. 울컥 눈물이 솟았다. 어쩌라고. 대체 어쩌라고.

하얀 털이 가지런한 앞발, 그 발로 딱 소리가 나게 원반을 짚고서 나를 보던 눈동자. 그 발을 툭툭 치던 황금색 주둥이……. 나를 쳐다보던 두 마리 사랑스러운 개. 진짜 나의…….

진정한 나의 개.

소년은 아주 조심스럽게 손을 뻗었다. 손바닥으로, 체온으로,

자신의 모든 사랑과 다짐과 간절함이 전달되기를 바라면서.

소중한 보물 상자를 열듯, 그렇게.

이인아 ★ "엄마, 내가 새해 첫날에 태어나서 좋았어?"라고 묻는 내게 엄마는 "너 뜨건 물로 씻기고 기저귀는 찬물로 빨아서 손 시렸다."고 답했다. 아, 이건 나만의 환상이었단 말인가. 누구나 판타지를 갖고 살듯 문학도 스스로 판타지를 갖고 있다. 과학소설은 더더욱. 과학소설은 그 문법이 달라 판타지를 끌어내는 세세한 방법을 퍼즐처럼 찾아내고 맞춰 가는 기쁨이 크다. 내게는 많은 씨앗이 있고 틔울 일만 남았다. 매년 새해 첫날에 내가 쓴 글들이 "좋았어?"라고 물으면 답해 줄 것이다. "너 쓰느라 손 시렸어."

엄마는 차갑다

★ 경린

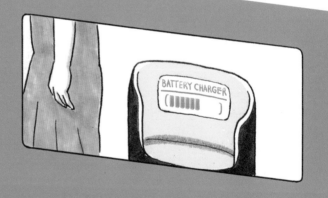

종례가 막 끝났을 무렵, 양복을 입은 멀끔한 남자가 교실로
찾아왔다. 학부형인 모양이었다. 성은이가 엉덩이를 들썩거
리며 손을 흔드는 걸 보니 성은이 아빠인가 보다. 담임은 악
수를 하려는지 손을 내밀며 나갔고, 둘은 악수를 하고서 교실
앞을 떠났다.

　왠지 남자의 뒷모습이 낯설지 않았다. 멍하니 서 있는 나를
주영이가 툭 쳤다.

　"뭐 해. 안 가? 너 학원 가는 날 아냐?"

　나는 그제야 정신을 차리고 학교에서 벗어날 수 있었다.

　학원에 도착하니 벌써 수업이 진행 중이었다. 자리에 앉자
가슴에 '조교'라고 새겨진 로봇이 프린트를 주고 갔다. 수업은
강사 로봇이 맡고 있었다.

내 뒤에 앉은 아이가 강사 로봇에게 질문하자 로봇이 삑삑 거리더니 전원이 꺼져 버렸다. 조교 로봇이 다가가 강사 로봇을 끌고 나갔다. 5분쯤 지나자 조교 로봇이 다른 강사 로봇을 끌고 들어와 전원을 켰다. 수업은 다시 이어졌다. 아이들이 뒤에서 수군거렸다.

"좋은 로봇으로 좀 바꾸지. 학원비 받아서 뭐 하는 거야."

학원을 마치고 집에 도착하니 밤 10시가 넘었다. 아빠는 거실에서 텔레비전을 보고 있었고, 엄마는 부엌에서 설거지를 하고 있었다.

욕실에서 씻고 나오니 엄마는 이미 방에 들어간 뒤였다. 아빠가 텔레비전을 껐다. 나는 아빠에게 잘 자라는 말을 남기고 내 방으로 들어갔다. 그러고는 방문에 귀를 대고 아빠의 움직임을 살폈다. 안방 문이 닫히는 소리가 들리고 나서야 나는 슬며시 방문을 열었다. 아빠가 눈치채지 못하게 살금살금 걸어서 엄마 방으로 향했다. 노크도 없이 문을 열었지만 엄마는 놀라는 기색이 없다.

"엄마, 오늘 잘 지냈어?"

나는 엄마 옆에 앉아 엄마와 팔짱을 꼈다. 오늘은 엄마가 심심하지 않게 보냈는지 궁금했다.

"응, 잘 지냈어. 오늘은 다른 요리를 배우고 있었어."

엄마는 아무리 배워도 능숙해지지 않는 요리를 부지런히 배우고 있었다. 나는 엄마를 꼭 안았다.

"사랑해, 엄마."

엄마도 나를 꼭 안아 주었다.

"나도 사랑해. 잘 자."

✿

문이 달칵하고 열리는 소리가 들렸다. 문틈으로 된장찌개 냄새가 새어 들어왔다. 커튼을 젖히는 소리와 동시에 세상이 밝아졌다. 눈이 부셔서 나는 슬며시 눈을 깜빡였다.

엄마 목소리가 들려왔다.

"일어나야 해. 이제 오십오 분 뒤면 집에서 나가야 해."

말이 채 끝나기도 전에 엄마는 볼을 꼬집으려 내 얼굴에 손을 갖다 댔다. 꼬집는 손길이 평소보다 아프진 않았지만, 차가운 손의 온도에 잠이 깨 버렸다. 5분만 더 자면 안 되느냐는 질문에 엄마는 그러면 머리를 3분 만에 감아야 해서 안 된다고 했다. 할 수 없이 아직 잠에서 깨어나지 못한 몸을 힘겹게 일으켜 욕실로 향했다.

따뜻한 물에 머리를 감으며 오늘이 학부모 면담일이라는 것을 깨달았다. 엄마가 분명 기억할 테지만, 주의 사항을 다시 한 번 일러 둬야 한다.

욕실을 나오면서 엄마에게 말했다.

"엄마! 오늘 학부모 면담일인 거 알지?"

"응, 알고 있어. 네 시 삼십 분까지 학교로 갈게."

고등학교에 입학하고 처음 있는 면담이었다.

"담임한테 실수하면 안 돼."

말을 마치고 문득 시계를 보니 아침을 먹으면 학교에 늦을 것 같았다. 내가 아침 먹을 시간이 없다고 하자 엄마가 내 손목을 잡으며 말했다.

"아직 이십오 분 남았어. 양치질하고 옷 입는 데 십오 분 걸리니까, 십 분 동안 밥 먹을 수 있어."

나는 결국 식탁 의자에 앉았다. 된장찌개는 짜고, 시금치무침은 들쩍지근하고, 밥은 설익었다. 할머니가 보내 준 김치만이 제대로 된 반찬이었다. 그래도 엄마가 마주 앉아 있어서 반찬 하나하나를 억지로 입에 넣었다. 엄마는 내가 맛있게 먹는 모습에 행복을 느낄 게 분명했다.

"이제 이 분 안에 먹어야 해."

엄마의 재촉에 나는 서둘러 밥을 마저 먹고 방으로 들어갔다. 옷을 갈아입으려고 옷장을 열자 깔끔하게 다려진 교복이 있었다. 블라우스에서는 향긋한 섬유 유연제 냄새가 났다. 교복을 입으며 엄마한테 사랑받고 있다는 생각을 했다.

집을 나서려 하자 식탁을 정리하던 엄마가 다가왔다. 나는 엄마를 힘껏 끌어안으며 사랑한다고 했다. 엄마도 나를 끌어안고 등을 토닥거려 주었다.

"나도 사랑해, 우리 딸. 이따가 봐."

나는 엄마에게 손을 흔들며 집을 나섰다.

학교에 도착하자 교실이 반쯤 차 있었다. 왠지 교실이 어수선했다. 옆자리에 먼저 와 있던 주영이에게 무슨 일이냐고 물었다. 주영이는 내 쪽으로 바짝 다가와 귀에 대고 속삭였다.

"어제 성은이네 아빠 왔었잖아. 성은이 아빠가 로봇이래."

순간 가슴이 쿵쾅거리기 시작했다.

"어떻게 알았어? 면담은 둘이서만 하는 거잖아."

"아까 교무실에 숙제 내러 가는데, 담임이 옆 반 선생이랑 교무실 앞에서 얘기하고 있더라고. 완전 조용한 목소리로, 어제 온 학부형이 로봇이더라고 그러는 거야. 어제 너도 봤지? 세상 참 많이 발전했다. 로봇이 어쩜 그렇게 진짜 사람 같지? 난 완전 속을 뻔했어. 학원 강사 로봇하고는 차원이 다르더라."

나는 등줄기에서 흐르는 식은땀을 느끼며 천연덕스럽게 대답했다.

"그러게. 세상 참 좋아졌네."

수업 내내 걱정뿐이었다. 열 손가락의 손톱을 모두 물어뜯었다. 오른쪽 엄지 손톱에는 피까지 맺혔다. 수업이 끝나지 않았으면 좋겠다. 그러나 내 바람과 상관없이 오늘따라 시간은 빨리도 흘러갔다.

어느덧 종례 시간이 되었고, 또 어느덧 엄마가 교실 앞에 서 있었다. 나도 어제의 성은이처럼 엉덩이를 들썩이며 엄마에게 손을 흔들었다. 엄마도 나에게 살짝 손을 흔들고 선생님과 인사를 나눴다.

"우아, 너네 엄마는 어쩜 저렇게 늙지도 않고 고대로셔?"

나는 화들짝 놀라 몸을 떨었다. 주영이였다. 주영이와는 초등학교 때부터 친구였다. 초등학교 때까지만 해도 거의 매일 서로의 집에 놀러 가며 어울렸다. 그러다 엄마가 달라지고부터 우리는 조금씩 멀어졌다. 학교에서는 여전히 친하게 지냈지만 예전처럼 서로의 집에 가지는 않았다.

주영이를 먼저 보내고 나는 교무실 유리창 밖에서 엄마와 담임을 지켜봤다. 혹시 엄마가 실수를 하진 않을까 걱정스러웠다. 담임 표정에 특이한 점은 없었다. 둘은 그저 편하게 얘기를 나누고 있었다.

엄마가 담임에게 인사를 하고 교무실을 나왔다. 나는 엄마를 끌고 얼른 학교를 벗어났다.

"선생님이 뭐래? 엄마는 또 뭐라고 대답했어? 뭐 특별한 얘기는 없었어? 선생님이 엄마 이상하게 훑어보진 않았고?"

숨 돌릴 틈 없이 쏟아 내는 질문에, 엄마는 기다릴 필요도 없이 바로 대답했다.

"네가 입학 성적이 좋아서 앞으로도 기대가 된대. 친구들이랑 잘 어울리고 밝다고 칭찬하셨어. 집에서는 어떠냐고 묻기에 밝고 명랑하다고 했어. 앞으로 잘 부탁드린다고도 했고. 특별한 얘기는 없었어."

✿

　사실 우리 엄마도 사람이 아니다. 아니, 진짜 사람이나 마찬가지다. 질문 하나에 픽 꺼지는 강사 로봇이나 로봇이라는 사실을 들켜 버린 성은이 아빠와는 다르다. 대답도 잘하고 성은이 아빠처럼 어설프게 행동하지도 않는다. 그러니 우리 엄마는 로봇이라고 할 수 없다.

　엄마가 돌아가신 건 내가 초등학교 5학년 때였다. 엄마는 항상 침대에 누워 있었다. 파리한 얼굴에 바짝 말라붙은 입술. 나는 그런 엄마와 늘 함께였다. 매일같이 엄마 옆에 앉아 숙제를 하고 텔레비전을 보고 밥을 먹었다. 몇 번 위기가 닥칠 때마다 엄마는 내 손을 잡고 이렇게 말하곤 했다.

　"우리 딸, 엄마가 사랑하는 거 알지? 세상에서 제일 사랑해."

　엄마의 야윈 몸에 수술 자국이 하나씩 늘어났어도, 나는 언제까지나 엄마가 내 곁에 있을 거라고 생각했다. 그러나 엄마는 어느 날 너무나도 조용하게 세상을 떠났다. 나도 엄마를 세상에서 가장 사랑한다는 말도 못했는데.

　엄마의 장례를 치르고 돌아온 집은 적막했다. 아빠는 이른 출근을 하고 늦은 퇴근을 했다. 엄마가 없는, 아무도 없는 집에 있는 시간이 너무나 길었다. 보다 못한 아빠가 해결책을 제시했다. 바로 로봇 엄마였다.

지금은 더욱 발달했지만 부모 로봇이 처음 나올 때는 무척 획기적이었다. 개발한 의도 자체가 부모의 빈자리를 채우는 용도였다. 시대에 앞선 기술이라며 박수갈채를 받은 제품이었다. 원래 엄마가 살아 있을 땐 관심도 없던 일이었다. M101. 엄마의 제품명이다. 최신 모델이 M552인 만큼 엄마는 꽤 오래되었다.

어느 주말 이른 아침, 엄마는 아빠의 뒤를 따라 들어왔다. 죽은 엄마가 살아 돌아온 줄만 알았다. 내가 "엄마!" 하며 M101에게 안기자 차가운 기운이 내 몸을 감싸 안았다. 그제야 엄마가 살아 돌아온 게 아니라는 걸 깨달았다. 나는 소스라치게 놀라며 얼른 몸을 떼어 냈다.

나는 소파에 앉아 입을 벌리고 M101을 바라봤다. 아빠도 그저 바라보고만 있었다. 외모가 엄마와 꼭 닮아서이기도 했지만 정말 사람 같았기 때문이었다.

"안녕하세요. M101입니다."

나는 또 한 번 놀랐다. 목소리도 엄마 목소리를 그대로 재현해 놓았다. 너무 놀라 꼼짝도 못하는 나를 놔두고 아빠는 노트북을 꺼내 와 M101과 연결했다.

아빠는 M101에 많은 것을 입력했다. 기본적인 건 입력되어 있지만 우리 가족에 관한 정보는 직접 입력해야 한다고 했다. 아빠는 내가 뭘 원하는지 물었다. M101이 나에게 어떻게 해 주면 좋을지, 뭐라고 불러 주면 좋을지.

꽤 긴 입력 시간이 지나고 아빠가 엔터 키를 눌렀다. 그와 동시에 눈을 감고 있던 M101이 다시 눈을 뜨고 나를 쳐다봤다.

"우리 딸, 사랑해."

나는 뒷걸음치다 못해 내 방으로 뛰어 들어가 문을 걸어 잠 갔다. 침대에 엎드려 눈물을 쏟아 냈다. 엄마가 보고 싶기도 했고, 죽은 엄마가 다시 살아 돌아온 것 같기도 했다.

그렇게 한참을 울고 있는데 노크 소리가 들렸다. 아빠였다. 회사에 나가야 한다고 했다. 아빠는 바빠서 주말에도 종종 회사에 나가곤 했는데, 그날도 그랬다.

나는 떼를 썼다.

"둘이 있기 무서워, 아빠. 나가지 마."

아빠는 괜찮다며, 내가 말을 걸기 전까지는 M101이 아무 행동도 하지 않을 거라고 했다. 나는 조금은 안도하고 거실로 나갈 수 있었다.

나는 힐끔 M101을 바라보았다. M101은 정자세로 소파에 앉아 앞만 보고 있었다. 나는 부엌으로 가 주스를 따랐다. 혹시 몰라서 두 잔을 따라 소파로 갔다. 그리고 한참을 고민하다가 M101 앞으로 주스를 밀어 놓자, M101은 주스를 들여다 보며 말했다.

"감사합니다. 하지만 저는 음식을 먹지 못합니다."

엄마의 목소리로 나에게 존댓말을 하니 거북한 느낌이 들었다.

"존댓말 하지 마세요."

M101은 바로 알겠다고 대답한 뒤 말을 이었다.

"아침 먹어야지. 내가 음식 만들어 줄게."

나는 그저 고개만 끄덕였고 M101은 부엌으로 향했다. 우당탕거리는 소리도 들렸고 물소리, 도마질 소리가 들리고 음식 냄새도 풍겨 왔다. 나는 호기심에 부엌으로 가서 M101이 무얼 하는지 지켜봤다.

M101은 된장찌개를 끓이고 있었다. 김치를 썰고 달걀 프라이를 만들었다. 밥을 어느새 안쳤는지 밥솥도 끓고 있었다. 밥은 생각보다 금방 되었고, 식탁에 밥이 차려졌다. M101은 내 맞은편에 앉아서, 밥을 먹는 나를 바라보았다. 달걀은 반숙이다 못해 흰자마저 익지 않았고 김치는 산산조각이 나 있었지만, 엄마를 닮은 M101이 앞에 있으니 밥을 먹을 수밖에 없었다.

그날 밤 일을 마치고 온 아빠는 나를 M101과 같이 자게 했다. 아마 내가 밤마다 우는 것을 알고 있었나 보다. M101은 내 옆에 누웠다. 나는 M101의 차가운 몸이 싫어서 등을 돌렸다. 그때 M101이 내 등을 토닥거리며 말했다.

"내가 이제 네 엄마야. 이제 내가 다 해 줄게."

엄마가 돌아가신 뒤로 처음 듣는 따뜻한 말이었다. '엄마'라는 말이 내 가슴으로 와서 박혀 버렸다. 그날 이후 M101은 내 엄마가 되었다.

그게 벌써 거의 5년 전 일이다. 열두 살이던 내가 열일곱 살이 됐으니 말이다. 그동안 나는 키가 10센티미터나 자라고 몸무게도 많이 늘었지만, 엄마는 처음 그대로였다. 머리 길이도, 피부도, 얼굴의 미세한 주름까지도 변함이 없었다. 나는 엄마의 변함없는 모습이 좋기만 했다.

변하지 않는 게 좋은 건 줄 알았다. 엄마가 로봇이기 때문에 변하지 않는다는 생각은 해 본 적이 없었다. 돌아가신 엄마를 떠올렸다. 엄마는 늘 달라져 있었다. 수술이 끝날 때마다 흉터가 늘었고, 흰머리도 생겨났다.

✿

처음 왔을 때와 똑같은 엄마를 바라보고 있는데 현관문이 열렸다. 아빠였다. 거실에 있던 나는 아빠와 눈이 마주쳤다.

"다녀오셨어요?"

아빠 얼굴이 일그러져 있었다.

"오늘 학부모 상담 있었다며? 로봇이랑 간 거야?"

로봇. 아빠는 엄마를 로봇이라고 부른다. 내가 중학생이 됐을 무렵부터 아빠는 엄마와 나 사이를 갈라놓으려고 했다. 아마 그 일 이후였을 거다.

나는 그때까지 매일같이 엄마 방에서 엄마와 함께 잤다. 엄마를 꼭 껴안고. 엄마는 차가웠다. 그래도 나는 엄마와 있을 때가 가장 따뜻했다.

엄마는 힘이 셌다. 엄마가 나를 꼭 껴안으면 내 온몸은 멍투성이가 되곤 했다. 이 사실을 먼저 안 사람은 할머니였다. 할머니가 나를 데리고 간 속옷 가게에서였다. 처음 입는 속옷이니만큼 할머니는 좋은 걸로 사 주고 싶어 했다. 윗도리를 벗었을 때 할머니는 내 상체 여기저기에서 멍 자국을 발견했다.

"누가 널 이렇게 때렸어?"

나를 취조하다시피 한 할머니는 결국 엄마 때문이라는 걸 알아냈다. 그리고 그 사실을 아빠에게 말했다. 아빠는 그 이야기를 듣자마자 엄마의 파워 지수를 낮추고, 나를 엄마 방에서 더는 자지 못하게 했다.

그때부터 아빠는 엄마를 '혜수 엄마'가 아닌 '로봇'이라고 불렀다. 나는 엄마 눈치를 살폈다. 눈치를 살피는 내 모습에 아빠는 한숨을 푹 쉬며 말했다.

"내가 로봇이라고 한다고 저 고물이 화라도 낼 거 같아? 오래돼서 언제 고장 날지도 모르는 고물일 뿐인데. 로봇, 들어가 있어!"

아빠의 말이 떨어지기가 무섭게 엄마는 엄마 방으로 들어갔다.

사실이긴 하다. 엄마와 같은 기종의 로봇은 잦은 고장과 기능 저하로 거의 다 회수됐다. 아무리 아빠 말이 사실이어도 나는 화가 났다. 엄마를 함부로 대하는 아빠가 싫었다. 고물이라니?

나는 아빠를 노려보며 말했다.

"엄마한테 로봇이니 고물이니 그런 말 하지 마. 엄마는 로봇이 아냐. 고물은 더더욱 아니고."

아빠는 또 한 번 한숨을 쉬었다.

"제발 이제 좀 치우자. 너 열일곱 살이야. 이제 곧 성인이 될 텐데, 언제까지 로봇한테 '엄마, 엄마' 그럴 거야?"

"버릴 거면 나부터 갖다 버려. 엄마 없으면 나도 못 사니까."

아빠는 이해하지 못할 거다. 이제 엄마가 없는 나는 상상할 수도 없다. 엄마가 돌아가신 뒤 아빠는 나에게 아무런 위로도 되어 주지 않았다. 그리고 솔직히 아빠도 엄마처럼 나를 떠나게 될까 봐 무섭기도 했다.

그렇지만 엄마는 절대 내 곁에서 떠날 리가 없다. 내가 엄마를 떠나보내기 전까지는 말이다. 나는 언제나 곁에 있어 주는 '엄마'를 잃기 싫었다.

목에 핏대를 세우는 나에게 질린 듯 아빠는 마음대로 하라고 말하며 방으로 들어가 버렸다. 아빠가 방에 들어가자마자 나는 엄마 방으로 갔다.

"엄마, 화난 거 아니지?"

엄마가 대답했다.

"내가 왜 화가 나. 난 괜찮아."

나는 엄마를 꼭 끌어안았다. 엄마를 내 곁에서 떠나게 하지 않을 거다.

어느새 깜박 잠이 들었나 보다. 눈을 뜨니 엄마 방이었다. 엄마는 몸에 충전기를 꽂고 앉아 있었다. 다가가 엄마를 안았다.

"충전 중에는 손대지 마십시오."

그건 엄마 목소리가 아니었다. "엄마 왜 이래?" 하며 다시 다가가자 엄마는 나를 밀쳐 냈다.

"손대지 마십시오."

엄마에게서 이질감이 느껴졌다. 엄마가 나와 함께한 5년 동안 한 번도 본 적 없는 모습이었다. 처음 엄마에게 안겼을 때 느꼈던 차가움처럼 낯설고 불편했다. 나는 뒷걸음질로 엄마 방을 나왔다. 열 걸음도 안 되는 내 방까지의 거리가 멀게만 느껴졌다. 나는 방문을 걸어 잠그고 이불을 뒤집어썼다.

아무리 잠들려 해도 잠이 오지 않았다. 벌써 6시였다. 묻어 두었던 걱정 하나가 밀려왔다. 혹시 담임이 어제 온 학부형도 로봇이었다고 말하고 다니면 어쩌지. 해결하지 못할 걱정을 한참이나 했다. 날이 환하게 밝았을 때, 방문 손잡이가 돌아가는 소리가 들렸다. 문이 열리지 않자 잠시 후 노크하는 소리가 들려왔다.

"일어나야 해. 지금 일곱 시 십 분이야."

나는 몸을 일으켜 방문 손잡이를 한참이나 물끄러미 바라보다 문을 열었다. 새벽에 엄마 방에서 본 모습이 아닌 평소의 엄마가 서 있었다.

학교에 아주 일찍 도착했다. 이른 시간이라 교실에는 채 다섯 명도 안 되는 아이들만 있었다. 주영이가 나를 보고 손을 흔들었다. 나는 주영이 옆자리로 가 앉았다. 앞문이 열리고 성은이가 들어왔다. 성은이는 나를 뚫어지게 바라보며 다가왔다. 나는 그런 성은이가 왠지 무서워서 고개를 숙였다.

그런데 정작 성은이는 내가 아니라 내 옆의 주영이 손목을 거칠게 잡았다.

"그래, 우리 아빠 로봇이다. 그래서 그게 왜?"

악에 받친 목소리였다. 눈에는 살기마저 돌았다.

"내가 뭐?"

주영이는 당당했다. 살기를 띤 성은이의 눈에 눈물이 그렁그렁 맺혔다.

"우리 아빠는 그냥 로봇이 아냐. 진짜 사람이랑 똑같아. 감정도 있다고."

성은이는 결국 울음을 터뜨렸다. 주영이는 성은이를 어이없다는 듯이 쳐다보며 잡힌 손을 풀었다. 성은이의 손이 툭 하고 아래로 떨어졌다. 성은이는 주먹을 쥐며 다시 나를 뚫어져라 바라봤다. 나는 성은이를 외면할 수밖에 없었다. 성은이는 눈물을 닦으며 교실 밖으로 나갔다. 내가 할 수 있는 건 아무것도 없었다.

"로봇한테 감정이 있대. 미친 거 아냐?"

대답을 하면 목소리가 떨릴 것 같았다. 나는 주영이에게 어색한 미소를 지어 보이며 고개를 끄덕였다. 성은이는 그날 교실로 돌아오지 않았다.

종례 시간에 들어온 담임이 입을 열었다.

"요즘 로봇이 많이 발달했어. 우리 생활 속에 깊숙이 들어와 있지. 선생님은 그런 현상이 나쁘다고 생각하지 않아. 누군가의 빈자리를 메울 수 있는 로봇이라면 필요해. 그 점에 대해 너희는 어떻게 생각하는지 모르겠지만, 아무튼 자신과 다른 생각을 가진 사람을 이해해 줬으면 좋겠다."

담임이 나가자 주영이는 가방을 싸며 불만을 터뜨렸다.

"담임 뭐냐. 완전 웃겨. 성은이 아빠가 로봇이란 걸 떠들고 다닌 사람이 누군데? 솔직히 로봇이 로봇이지, 어떻게 사람 역할을 대신해?"

주영이 말에 반박할 수 없는 내가 싫었다. 속으로 수없이 많은 말들을 생각했다. 하지만 단 한 마디도 내뱉지 못했다. 그저 '나쁜 년'이라는 말만 입속에서 맴돌았다.

주영이는 재수 없다며 얼른 집에나 가자고 했다.

✿

집에 갔는데 엄마가 보이지 않았다. 엄마 방에 들어가려다가 엄마가 또 새벽 같은 상태일까 봐 선뜻 문을 열지 못했다. 한참을 멍하니 소파에 앉아 있는데 엄마가 방에서 나왔다.

"부르지 그랬니. 저녁 금방 해 줄게."

나는 알았다고 하고 그제야 옷을 갈아입었다.

식탁에는 늘 먹는 반찬이 차려져 있었다. 오늘따라 이상하게 한 숟갈도 뜨기 싫었다. 솔직히 지겨웠다.

"왜 안 먹어?"

언제나 잘 먹던 내가 숟가락도 들지 않자 엄마는 의아해했다.

"엄마는 맨날 똑같은 반찬밖에 못 만들어?"

"새로 배우려고 하는데 잘 안 되네. 그래서 만들 수 있는 게 이것밖에 없어."

한숨이 나왔다. 아빠가 한 말이 떠올랐다.

"저 로봇은 간도 못 맞추고, 만들 수 있는 요리가 열 개도 채 안 돼. 그런데도 저게 엄마고 사람 같아?"

나는 고개를 저었다. 그래도 우리 엄마였다. 엄마는 열심히 배우려고 했지만 그게 잘 안 되는 거였다. 결국 밥을 그대로 남긴 채 방으로 들어왔다. 한숨 자고 나면 기분이 나아질 것 같았다.

잠이 들락 말락 할 때쯤 갑자기 폭발음이 들려왔다. 눈이 번쩍 떠지고 몸이 떨렸다. 무슨 일이지? 엄마한테 무슨 일이 생겼으면 어쩌지? 방에서 서둘러 뛰어나갔다. 부엌에서 뿌연 연기가 새어 나오고 있었다. 연기 속에서 엄마의 형체가 흐릿하게 보였다.

"엄마, 엄마! 괜찮아?"

연기 사이로 보이는 엄마는 한쪽 팔이 없는 상태였다. 나는 뛰어나오려는 비명을 겨우겨우 삼켰다. 엄마는 바닥에 떨어져 산산이 부서진 살점과 쇳조각들을 모으고 있었다. 주변에는 엄마가 연습하다 망친 음식들이 파편으로 남아 있었다.

나는 참았던 숨을 천천히 내뱉으며 다가갔다.

"엄마, 무슨 일이야?"

순간 엄마가 벌떡 일어섰다.

"혜수야, 가까이 오지 마. 발 다쳐."

한쪽 팔이 없는 엄마의 모습에 나는 구역질이 났다. 아니다. 한쪽 팔이 없는데도 피 한 방울 흘리지 않고 고통스러워하지 않는 모습에 구역질이 났다. 화장실로 뛰어가 변기에 구토를 했다. 먹은 게 없어서 나오는 건 없었지만, 토악질은 멈추지 않았다.

"왜 그래?"

엄마였다. 나는 오지 말라고 소리쳤다. 그렇게 꽤 시간이 지나고 나서야 구토가 멈췄다. 화장실 바닥에 주저앉아 나도 모르게 흘러내린 눈물을 휴지로 닦아 냈다.

아니라고, 우리 엄마는 로봇이 아니라고 생각했다. 엄마가 집에 온 날이 다시 생각났다. 엄마는 진짜 우리 엄마가 아니라 판매용 로봇일 뿐이다. 팔이 날아가도 아무렇지 않게 자기 살점을 주울 수 있는 로봇.

엄마가 따뜻하지 않은 이유도, 음식 간을 못 보는 이유도 로봇이기 때문이다. 엄마, 아니 로봇은 로봇일 뿐이다.

무겁게 내려앉은 엉덩이를 일으켜 화장실에서 나가니 로봇이 조각을 맞추려 하고 있었다. 나는 로봇 뒤로 다가갔다. 그리고 목 뒤에 있는 버튼을 눌렀다. 로봇은 스르르 동작을 멈추더니 옆으로 픽 쓰러졌다.

✿

"일어나십시오. 오십오 분 뒤면 집에서 나가야 합니다."

열린 문 사이로 토스트 냄새가 풍겨 왔다. 오늘 아침은 토스트인가 보다.

"아빠는?"

억지로 눈을 뜨며 아빠를 찾았다.

"일찍 나가셨습니다. 시간 맞춰 학교로 간다고 하셨습니다."

다행히 아빠가 오늘이 학부모 면담일이라는 걸 잊지 않은 모양이다. 머리를 급하게 감고 나와 식탁에 앉았다.

"오늘 아침 메뉴는 호밀 토스트에 복숭아 잼입니다. 우유 여기 있습니다."

M552는 우유를 내 앞에 내려놓고 식탁 옆에 서 있었다.

"몇 분 남았어?"

"삼십 분 남았습니다. 천천히 드셔도 됩니다."

내가 토스트를 먹는 동안 M552는 내 방으로 들어갔다. 아마 침대를 정리하고 교복을 꺼내 놓을 터였다. 나는 천천히 토스트를 먹었다.

M101은 팔이 날아간 그날 폐기되었다. 밤늦게 들어온 아빠가 분리해서 M101의 제작 회사에 전화를 했고, M101은 원래 회사로 회수되었다. M101이 상자에 담겨 나가는 모습은 차마 보지 못했다.

아빠는 나를 걱정했다. 로봇에게 "엄마, 엄마" 하는 것을 더 걱정한 줄 알았는데, 아직은 내가 혼자 집에 있는 게 더 걱정인가 보다. 일주일쯤 지나 아빠는 M552를 구입했다. M101과는 달랐다.

M552는 따뜻한 몸을 지녔다. 그리고 M101보다 훨씬 많은 요리를 할 수 있었다. 간도 맞출 줄 알았다. 집도 전보다 깨끗해졌다. 가장 큰 차이는 M552는 엄마 역할만 할 뿐, 엄마의 얼굴과 목소리를 지니고 있지 않다는 것이었다. 나도 이제 더는 로봇을 엄마라고 부르지 않는다.

엄마는 이제 없다.

"이제 이를 닦으실 시간입니다."

남은 우유를 들이켰다. 깔끔하게 다려진 교복을 입었다.

"지금 나가셔야 합니다."

M552의 말에 서둘러 가방을 메고 문 앞으로 갔다. M552가 다가왔다.

"잘 다녀오십시오."

나는 M552의 배웅을 받으며 집을 나섰다.

경린 ★ 나는 어린 시절 '엄마 껌딱지'였다. 낮잠에서 깼을 때 엄마가 없으면 울면서 엄마를 찾아다녔다. 엄마가 외갓집에라도 간 날이면 밤새 잠도 이루지 못했다. 이제 나는 엄마가 날 낳았을 때와 같은 나이가 되었다. 지금은 자다 깨도 엄마를 찾지 않고, 엄마와 떨어져 사는데도 잠만 잘 잔다. 사는 게 바빠 연락도 뜸해진 나에게 어제 엄마는 '네가 행복했으면 좋겠다'라는 문자를 보내왔다.

내 맘대로 고글

★ 김란

오늘도 나는 고글을 쓰고 농구를 했다. 뚱보 진우와 소심한 진우에게는 초록색 유니폼을 입히고, 날쌘 진우와 나는 노란색 유니폼을 입었다. 그래, 인정한다. 뚱보와 소심이를 일부러 나와 다른 편에 넣었다. 언제까지 똑같은 나와 싸우면서 승패 없이 끝낼 수는 없지 않은가.

뚱보의 육중한 몸이 나를 덮쳤다. 이건 반칙이다.

"야, 뚱보. 힘으로 해보겠다 이거지?"

내가 뚱보에게 밀리자 날쌘이가 농구공을 낚아챘다. 뚱보가 날쌘이를 쫓아가자 소심이가 나를 막았다.

"너는 내가 맡지."

소심이가 팔을 휘저으며 막아섰지만, 나는 너희들이 어떻게 나올지 다 안다.

"그래 봤자야."

나는 소심이를 넘어뜨리고 날쌘이가 던져 준 공을 받아 덩크슛을 했다. 앗싸, 드디어 한 골 넣었다.

그때 갑자기 앞이 흐릿해지더니 이내 깜깜해졌다.

"아, 진짜. 짜증 나."

나는 고글을 벗고 몇 번 흔들다가 다시 썼지만 고글은 여전히 제 기능을 하지 못했다.

"안 돼, 안 돼, 안 된다고! 안 된다니까."

나는 고글을 여기저기 살펴보기도 하고 다시 꼈다가 켜기를 반복했지만, 고글은 영원히 저세상으로 간 것 같았다. 나는 텅 빈 방에 주저앉았다.

이 방은 아무것도 없는 사각형 공간일 뿐이지만 고글을 쓰면 바다나 산, 들판이 생기고 지금처럼 농구장으로 변하기도 한다. 물론 고글을 쓰면 다른 방도 바꿀 수 있지만, 가구가 있으면 걸리적거리기 때문에 몸으로 노는 것을 할 때는 여기 이 방에서 하는 게 좋다. 그렇지만 고글이 없으면 그냥 텅 빈 방일 뿐이다.

고글은 내 보물 1호다. 귀 뒤에 삽입된 두뇌 인식칩에 연결하면 주변이나 친구들을 내 마음대로 만들 수 있다. 내가 태어난 해에 뇌과학의 승리를 외치며 '내맘대로고글사'에서 만들었다는데 지금은 거의 모든 사람이 갖고 있다. 두뇌 인식칩이 내 머리의 신경 세포에 연결되어 있어서, 내가 원하는 것을 보고 듣는 것뿐만 아니라 냄새도 맡고 맛도 느끼고 몸으로도 만질 수 있게 해 준다. 그러니까 두뇌 인식칩에 연결된 고글만 있으면 친구가 뀐 방귀 냄새 맡기는 물론이고 조금 전처럼 뚱보가 밀어 내는 힘에 넘어지기도 하고 아픔도 느낄 수 있다는 얘기다.

나는 진우들을 만들어서 같이 놀지만 진우들도 모두 다 '나'니까, 서로 비슷하게 생각하기 때문에 농구를 하건 축구를 하건 무승부로 끝나곤 했다. 그래서 이번에는 몸을 좀 다르게 만들어서 어거지로 이긴 건데, 고글이 말썽을 일으켜 버렸다.

나는 짜증이 났지만 마지막 덩크슛의 쾌감을 간직하며 거실로 나왔다. 엄마는 음악도 없는 거실에서 팔을 벌리고 춤을 추고 있었다. 고글을 쓰고 있는 걸 보니 아마도 아빠의 분신과 춤을 추는 것 같았다. 엄마는 대부분 시간을 이렇게 거실에서 고글을 쓰고 보냈다.

내 방에는 침대 하나만 있을 뿐 책상도 없다. 학교 수업은 거실에서 원격제어 시스템을 통해 받으면 되고, 내 방에서는 고글만 있으면 하고 싶은 것을 모두 다 할 수 있다. 고글은 잠을 잘 때만 내 몸에서 떨어지는 분신이다. 가끔은 고글을 쓴 채로 잘 때도 있다. 그럴 때면 우주 공간이나 피라미드를 탐험하기 때문에 잠에서 깨고 나면 온몸이 두들겨 맞은 것처럼 피곤했다.

나는 엄마를 무시하고 거실 한쪽 벽면에 있는 모니터 앞에서 "내맘대로고글사"라고 말했다.

하늘에 구름이 천천히 떠다니고 있던 모니터에 예쁘장한 상담원이 나타났다.

"안녕하세요. 내맘대로고글사입니다. 김진우님의 고글에 문제가 있나요?"

원격제어 시스템의 데이터베이스는 이미 내 거친 목소리에서 불만을 읽어 냈을 터였다.

"고장 난 거 같아요."

"불편을 끼쳐 드려서 죄송합니다. 입체 영상기에 고글을 올려놓으세요. 어디가 문제인지 알아보겠습니다."

상담원이 말하는 동안 책상만 한 입체 영상기가 모니터 아래의 벽에서 나왔다. 그런데 그 위에 오늘 아침에 먹다가 남긴 피자 조각이 놓여 있었다.

"엄마, 먹었으면 치워야지. 에이, 진짜."

나는 투덜대면서 입체 영상기의 보내기 단추를 눌렀다. 남아 있던 피자 조각이 순식간에 없어졌다.

"네가 마지막에 먹었거든."

엄마가 건성으로 대답했다.

나는 한숨을 쉬고 피자가 사라진 자리에 고글을 올려놓았다. 기기 바닥에서 파란빛이 나오면서 고글을 감싸다가 사라졌다.

"고글엔 이상이 없는데 이상하군요. 새 고글을 보내 드릴까요?"

상담원은 여전히 생글거리며 말했다.

"네, 바로 보내 주세요."

나는 고장 난 고글을 들고 받기 단추를 눌렀다. 입체 영상기에서 붉은빛이 나와 물질로 변하면서 조금씩 쌓여 갔다.

나는 고글이 배달되는 동안 수줍어하며 한 팔을 위로 올리고 빙그르르 도는 엄마를 바라보았다. 아빠가 엄마 팔을 잡고 돌려 주고 있구나. 고글로 아빠를 불러낼 수 있어서 다행이라고 생각하며 나는 다시 입체 영상기를 바라보았다.

아직도 다 배달되지 않았다니. 백 년은 기다린 것처럼 지루하고 참을 수가 없었다. 이건 단번에 안 되나? 입체 영상기로 쓰레기를 버리는 건 빠르지만 물건이 배달되는 데는 시간이 좀 걸린다. 그렇다 해도 지금은 너무 느리다. 고글을 쓰지 않으니까 마치 시간이 멈춘 것 같았다. 내가 크면 배달 시간을 짧게 만들어 볼까? 놀기만 좋아하는 내가 그 귀찮은 걸 생각하다니. 피식 웃음이 나왔다.

새 고글이 완성되었다. 새 고글을 쓰고 두뇌 인식칩에 연결한 다음 시작 단추를 눌렀는데 여전히 앞이 보이지 않았다. 뭐야, 이거? 장난하냐!

"에이, 진짜! 이게 뭐죠? 새거 맞아요?"

나는 고글을 벗고서 고장 난 걸 보낸 게 아니냐고 따졌다.

"고글이 작동하지 않습니까? 그러면 두뇌 인식칩 문제입니다. 이전에 쓰셨던 고글도 고장이 아닌데 저희가 새것을 보내 드린 겁니다. 원격 수리가 안 되니 저희가 수리공을 보내 드릴까요?"

"원격으로 안 된다고요? 그런 게 어딨어요? 말도 안 돼."

나는 눈살을 찌푸리며 말했다. 있을 수 없는 일이다. 살아 있는 생명체만 빼고 모두 다 원격으로 배달되는 세상 아닌가! 앞으로 몇 년만 지나면 살아 있는 생명체도 원격 이동이 가능하다고 하던데…….

"두뇌 인식칩은 배달할 수 있지만 김진우 님의 두뇌 신경 세포와 연결하는 것은 매우 섬세한 작업입니다. 김진우 님 자신과 합체하는 과정이지요. 내일 수리공을 보내 드리겠습니다."

엥? 그것도 내일이나 된다고? 나는 황당했다.

"안 돼요. 지금 당장 보내 주세요."

"죄송합니다. 수리공 일정이 꽉 차서 오늘은 힘듭니다. 아니면 직접 방문하시겠습니까? 김진우 님 집에서 도보 오 분 거리에 수리 센터가 있습니다. 십 분이면 수리 센터에서 고칠 수 있습니다."

나는 화가 나서 얼굴을 붉히며 상담원을 노려보았다.

"결정을 내려 주세요."

"결정을 내려 주세요."

"결정을 내려 주세요."

상담원은 내가 화내는 것을 무시하고 같은 말만 반복했다. 그 말을 계속 듣자 점점 더 화가 났지만 딱히 할 말이 없었다. 내 질문을 자동으로 인식하고 데이터베이스에 있는 안내 문구에 따라 대답하는 데이터 상담원에게 무슨 말을 하겠는가. 내일까지 기다릴까? 고글이 없으면 당장 내일 학교 수업도, 숙제도 할 수가 없다. 사실 수업이나 숙제 문제가 아니다. 숨을 쉴 수도 없을 것이다. 내일까지 고글 없이 살라니, 상상조차 할 수 없다.

"제가 갈게요. 어딘지 알려 주세요."

입체 영상기를 통해 지도가 그려진 종이가 배달되었다. 고글만 있으면 지도가 내 머릿속에 들어갈 텐데 귀찮게 종이를 들고 가야 하다니. 신경질이 났다. 참, 종이만 문제가 아니지. 지도를 받으니 집 바깥으로 나가야 한다는 것이 현실로 다가왔다. 집 밖에 나간다? 바깥으로 나가야 한다? 나갈 수밖에 없다. 갑자기 체했을 때 장이 꼬이는 것처럼 머릿속이 엉키고 찌르르 아파 왔다.

"엄마, 나 밖에 나가야 해요."

"마음대로 하렴."

엄마는 춤을 추면서 또 건성으로 대답했다.

나는 춤추는 엄마의 팔을 아빠처럼 잡았다.

"야, 그렇게 들어오면 어떡해?"

아빠와 내가 합쳐지면서 고글 영상에 혼란이 왔을 테니 엄마가 놀라기도 했겠지. 그렇지만 이렇게 하지 않으면 내가 밖으로 나가야 한다는 이 긴박한 상황을 실감 나게 설명할 수가 없다.

"나, 밖에 나가야 한다고요."

"그래, 맘대로 하라고."

엄마는 고글을 벗다가 다시 물었다.

"뭐, 뭐라고? 밖에 나간다고? 왜? 어째서? 뭐하러?"

밖에 나갈 필요가 없는 세상이니 엄마가 놀라는 것도 당연했다.

9년 전 아빠가 교통사고로 돌아가시자, 엄마는 아빠가 반대했던 원격제어 시스템을 서둘러 설치했다. 아빠 얘기를 할 때면 엄마는 늘 고리타분한 사람이라고 했다. 아빠는 사람은 서로 어울려 살아야 한다고 했단다. 나는 그게 무슨 말인지 모르겠다. 그 말뜻을 모르니까 고리타분한 사람으로 불리는 아빠를 상상할 수도 없었다. 아빠란 내가 아주 어렸을 때, 그저 블록 놀이를 같이 하고 목말을 태워 주던 어떤 어른일 뿐이니 말이다.

그러니까 엄마와 나는 9년 동안 한 번도 밖에 나간 일이 없다. 유리창을 통해서 내다본 세상에는 우리 아파트처럼 고층 건물이 줄지어 있는데, 나에게는 그것이 가짜 세상이다. 집에서 고글만 쓰면 나오는 세상, 내가 만들 수 있는 세상, 그래서 암벽 등반도 하고 거친 파도에 맞서는 선장도 되고 학교 수업도 받는 그런 세상이 진짜 세상이다.

유리창을 통해 사람들이 걸어 다니는 걸 보기도 했지만, 그것은 정말 아주 가끔 있는 일이다. 맞은편 아파트에서 나처럼 유리창을 통해 세상을 내다보는 사람을 볼 때도 있다. 그리고 주차장에는 자동차들이 있다고 하는데, 실제로 굴러다니는 것은 본 적이 없다.

"내 두뇌 인식칩이 고장 났대. 오늘 고치려면 수리 센터로 오라는데."

나는 지도를 엄마에게 내밀었다. 엄마는 떨리는 손으로 종이를 받았지만 엄마의 눈은 지도를 보고 있지 않았다. 나는 엄마의 그런 모습이 낯설었다. 엄마가 무서워하는 이유는 알지만, 다섯 살 이후로 한 번도 밖에 나가지 않았던 내가 하겠다는데 좀 편하게 말해 주면 안 되나? 하긴 나는 매달 재난 대비 대피 요령을 공부하지만 엄마는 학교를 안 다니니 그걸 알리 없지. 그래도 그렇지, 엄마는 어른이고 9년 전까지만 해도 날마다 거리를 걸어 다녔던 사람 아닌가! 5분 거리라는데 너무 심한 거 아냐?

나는 혼자 다녀올 테니 엄마는 걱정 말고 집에 있으라고 말하며 현관으로 향했다. 현관 손잡이를 잡고 심호흡을 하는데 엄마가 붙잡았다.

"잠깐, 잠깐만. 다른 방법을 찾아보자."

"안 돼. 수리공은 내일 온대. 내일 아침에 수업도 받고 숙제도 해야 한다니까!"

소리를 지르면서 고개를 돌려 보니 엄마 얼굴이 하얗게 질려 있었다.

"학교에 내가 말해 줄게. 그거 하루 쉰다고 뭘 일 나는 것도 아니고……."

나는 한숨을 쉬며 엄마를 달랬다.

"엄마, 가고 오고 수리하는 시간 다 합쳐도 이십 분이면 된대. 금방 갔다 올게. 걱정하지 마."

"너, 너, 너 정말 혼자 갈 수 있어? 내가, 내가 같이 갈게. 기다려 봐."

엄마는 말은 그렇게 했지만 몸을 움직이지 못했다. 나는 그런 엄마를 가만히 안았다. 엄마가 떨고 있는 게 고스란히 전해졌다. 나는 시간이 걸려도 수리공을 부를까 다시 갈등했다.

몸의 떨림이 잦아들고 엄마가 체념한 목소리로 말했다.

"그럼 밥 먹고 가."

마음이 급했지만 엄마를 그냥 두고 갈 수는 없었다.

입체 영상기에서 밥과 된장찌개, 김, 김치 따위의 한식이 배달되었다.

"에이, 나는 햄버거 먹고 싶은데."

나는 밥과 여러 반찬, 그리고 된장찌개를 빠르게 섞었다. 나도 모르게 고글로 손을 뻗다가 움찔했다. 고글만 있으면 이 비빔밥이 햄버거가 되는데…… 눈으로 보이는 것만이 아니라 입에서 씹는 느낌이나 맛까지 햄버거 그대로인데……. 햄버거를 손으로 먹지 않고 숟가락으로 떠서 먹겠지만 말이다.

"그럼 너는 햄버거 먹어. 참, 고장 났지!"

엄마는 버릇처럼 말하다가 내가 고글로 손을 뻗다 말고 움찔하는 모습을 봤다. 이제는 내가 얼마나 절실한지 알 수 있을 거다.

나는 밥을 급하게 먹고 현관문을 나섰다. 여전히 걱정스러운 엄마의 눈빛을 뒤로하고.

현관문을 열자 한 번도 본 적 없는, 아니 기억에 없는 바깥 세상이다. 현관문 바로 앞에 엘리베이터가 있다. 엘리베이터의 내림 단추를 눌렀다. 그래, 이렇게 하는 거야. 영상으로 받은 대피 훈련을 이렇게 써 보는군. 엘리베이터가 멈췄고, 나는 조심스럽게 한 발을 엘리베이터에 올려놓았다. 괜찮겠지? 그래, 괜찮을 거야. 나는 스스로에게 용기를 주면서 엘리베이터에 올라탔다. 1층 단추를 누르자 엘리베이터가 덜컹하면서 내려가기 시작했다. 나는 얼른 팔걸이를 잡았다. 10, 9, 8……. 번호에 하나씩 불이 들어오는 것을 보는 동안 손에 땀이 흥건히 배어났다.

괜히 나왔나? 그냥 하루만 참을걸 그랬나? 아니야. 고글이 없는 생활은 한 시간도, 아니 단 1초도 견딜 수가 없다. 그리고 여기까지 온 게 억울하잖아. 나는 갈팡질팡하다가 조금씩 용기를 내기로 작정했다. 1이라는 숫자에 불이 들어오면서 엘리베이터가 한 번 더 덜컹거렸다. 마음을 굳게 먹었지만 다리가 떨리는 건 어쩔 수 없나 보다. 천천히, 아주 천천히 엘리베이터에서 내렸다.

땀에 젖은 지도는 내가 보는 건물들과 똑같은 그림을 하고 있었다. 지도가 가리키는 방향으로 한 발 한 발 걸어서 마침내 서비스 센터에 도착하니 20분이 훌쩍 지나 있었다. 도대체 5분이라는 건 뭘 기준으로 한 말이야?

멀리서도 수리 센터 간판이 아주 크고 선명하게 보였는데 실제 수리 센터는 사무실 한 칸에 수리공 한 명, 그리고 의자 하나, 우리 집과 비슷한 제어 시스템이 전부였다. 수리공은 배가 불룩하고 수염이 꺼끌꺼끌하게 난 대머리 아저씨였다. 다섯 살 이후로 엄마 말고는 처음으로 보는 사람이었다. 그래도 별 거부감은 없었다. 실제 사람이라는 점 빼고는 고글을 통해서 보는 사람과 다를 게 없었다.

먼저 인사를 한 뒤 센터에 있는 제어 시스템으로 엄마에게 잘 도착했다고 알렸다. 모니터에 보이는 엄마는 여전히 창백한 얼굴을 하고 있었다. 그리고 센터 수리공에게 잘 부탁한다고 연거푸 인사했다.

"허허, 걱정하지 마십시오, 어머니. 이렇게 찾아오는 사람은 별로 없지만 어려운 일이 아닙니다. 간단한 거니까 믿고 맡기세요, 허허."

수리공은 웃으며 나를 의자에 앉혔다. 모니터에서는 엄마가 안절부절못하며 지켜보고 있었다.

"수리하는 동안 수면 마취를 합니다."

"뭐라구요? 자라구요?"

산 넘어 산이라더니, 나를 재운다고? 엄마랑 같이 올 걸 그
랬나 후회되었다. 모니터에서 엄마가 저렇게 겁먹은 눈을 하
고 있으니 내가 용기를 내는 수밖에 없었다.

"십 분입니다, 십 분!"

나는 수리공에게 확답을 받고 눈을 감았다. 수리공은 손가
락만 한 반창고를 내 눈꺼풀 위에 붙였다. 나는 엄마 때문에
마음 놓고 무서워할 수도 없는 처지를 비관하며 스르르 잠이
들었다.

눈을 뜨니 꿈도 꾸지 않고 한잠 푹 자고 난 느낌이었다. 잠
들 때와는 달리 조금은 안정된 듯한 엄마가 모니터를 통해 여
전히 나를 보고 있었다.

"다 끝났습니다."

수리공은 흐뭇한 미소를 지으며 센터에 있는 고글을 나에
게 주었다. 고글을 쓰고 바닷속에 들어가는 생각을 했다. 상어
를 만났는데 금세 숨이 막혀 왔다. 두뇌 인식칩이 고쳐진 게
확실했다.

내가 고글을 벗자 수리공이 말했다.

"칩이 영구적이긴 하지만 이렇게 가끔 만져 주는 게 좋습니
다. 고장 나지 않더라도 종종 여기 와서 점검받는 게 좋아요.

수리비는 센터에서 청구할 겁니다."

인사하고 나오려는데 수리공이 잡았다.

"그 고글은 주고 가야죠."

나는 버릇처럼 고글을 들고 있었다. 센터의 고글이었다.

그럼 내 고글은? 이런, 집에 두고 왔다. 두뇌 인식칩이 고장 났다고 고글까지 두고 오다니 한심하다.

나는 서비스 센터를 나와 집 방향으로 달렸다. 이제 빨리 집에 가서 고글을 쓰면 이 갑갑한 생활도 끝이다. 고글 없이 지낸 시간이 고작 한 시간 남짓인데 마치 엄청난 미개인이 된 기분이었다.

조금 뛰다가 고개를 돌려 봤더니 수리공이 손을 흔들고 있었다. 사람이 그리운 건지 모든 손님에게 예의를 차리는 건지 모르지만, 나도 손을 흔들어 주었다. 갑자기 아빠 생각이 났다. 아빠도 살아 있었으면 저 아저씨처럼 배가 나오고 대머리가 됐을까? 아빠라는 존재를 생각해 본 적이 별로 없는데 갑자기 아빠가 그리워졌다.

그때 웃음소리가 들렸다. 뭐지? 나는 지금 고글을 쓰지 않았는데 잘못 들었나? 고개를 이리저리 돌려보는데 농구공이 또르르 내 앞으로 굴러 왔다. 으악, 뭐야? 진짜 공인가? 공을 들어 보니 무게감이 있는 게 고글을 쓰고 들었던 공과 똑같았다. 두뇌 인식칩을 수리하면서 그 아저씨가 뭘 잘못 건드렸나? 그래서 이제는 고글을 쓰지 않아도 내 마음대로 환경이 만들어지는 건가? 혼란스러웠다.

아닌데. 나는 지금 농구를 하고 싶다고 생각하지 않았는데…….

주변을 두리번거리니 누가 내 앞으로 걸어오는 게 보였다. 나보다 약간 작고 새까만 녀석이었다. 녀석이 내게 손을 내밀며 말했다.

"그거 내 공이야."

내가 공을 던져 주자 녀석이 공을 받으면서 나를 빤히 쳐다보았다. 나는 녀석을 지나쳐 집을 향해 계속 걸어갔다. 신기했다. 오늘은 두 번이나 사람을 만났다. 놀라운 일이다. 가다가 뒤돌아보니 그 녀석이 계속 나를 보고 있었다. 내가 수리공 아저씨처럼 손을 흔들어 주자 녀석이 크게 외쳤다.

"야, 같이 놀래?"

"뭐? 뭐라고?"

나는 우뚝 서서 멍청하게 녀석을 바라보았다.

"나 지금 농구 연습 하는데 같이 하지 않을래?"

녀석이 다시 한 번 말하고 나서야 나는 그 뜻을 알아들었다. 진짜 사람하고 농구를 한다? 정말 그게 가능할까? 나는 한참을 그렇게 서서 녀석을 바라보고만 있었다.

"싫으면 말고."

녀석이 돌아서자 나도 내가 가던 방향을 보았다. 그러다가 다시 돌아봤을 때 녀석은 벌써 아파트 모퉁이를 돌고 있었다.

얼른 녀석을 따라 뛰어갔다.

모퉁이를 돌자 넓은 잔디밭이 나왔다. 세상에, 이런 곳이 있다니. 녀석은 내가 뛰어오는 걸 보고 천천히 걸어서 농구 골대로 갔다. 농구 골대 주위에만 잔디가 죽어서 흙이 드러나 있었다.

녀석은 자기가 먼저 손으로 공을 몇 번 튀긴 다음 뛰어오르면서 골대 그물로 농구공을 던져 넣었다. 저녁 햇살을 배경으로 하늘을 나는 것 같았다. 그 녀석이 골대 밑에서 공을 받아 나에게 던졌다. 나도 그 공을 받아서 뛰어가며 공을 던져 넣으려는데 녀석이 나를 가로막았다. 아니, 아직 시작도 안 했는데 벌써 나를 막아 보겠다고? 쪼그만 게. 내가 진우들이랑 농구를 얼마나 많이 했는데……. 내 실력을 보여 주마.

가로막는 녀석을 요리조리 피하면서 골대를 향해 공을 던지자 녀석이 손을 뻗어 내 공을 밀쳐 냈다. 세상에, 저런 방법이 있다니. 약이 바짝 올라 녀석을 쫓고 막고 몸으로 밀치기도 했다. 진우들과 부딪칠 때와는 전혀 다른 느낌이었다.

어렵사리 공을 빼앗아 땅에 튀기는 동안 방어하는 녀석의 눈을 계속 보면서 빠져나갈 방법을 찾는데, 갑자기 내 손에서 공이 없어졌다. 생각지도 못한 방법으로 또 당했다. 분명히 녀석 눈을 보고 녀석도 내 눈만 봤는데, 어떻게 내 손에 있는 공을 뺏을 수 있지?

나는 늘 나 자신인 진우들하고만 놀았다. 진우들은 내가 생각하는 것과 똑같은 방식으로 공격하고 수비하는데, 녀석은 내가 아니었다. 이렇게 생각지도 못한 방식으로 달려드는 녀석을 이길 수 없을 것 같았다. 내가 넋을 놓고 있는 동안 녀석은 공을 튀기며 내 주위를 돌았다. 다시 정신을 차린 순간, 녀석은 골대를 향해 공을 날렸다. 나는 순간적으로 녀석이 했던 것처럼 날아가는 공을 쳐서 빼앗아 덩크슛을 날렸다.

"우아!"

진우들한테 듣던 감탄사보다 훨씬 듣기 좋았다. 날아갈 것 같았다.

"난 김진우, 너는?"

"나는 설중이야, 이설중."

내가 공을 넣고 나서 말하자 설중이도 나를 방어하면서 대꾸했다.

"난 진짜 사람이랑 농구하는 거 처음이야."

"난 매일 아빠랑 하는데."

우리는 그렇게 공을 뺏고 뺏기면서 서로에 대해 알아 갔다. 설중이는 집안 형편이 어려워서 네 식구가 고글 하나를 나누어 쓴다고 했다. 지금은 여동생이 고글을 쓰고 숙제를 하는 시간이라고 했다. 세상에, 고글 하나를 가지고 네 명이서 나눠 쓰는 집이 있다니…….

온몸이 땀으로 범벅이 되어 같이 뛰다가 설중이가 지쳐 잔디에 큰대자로 누웠다. 나도 설중이 옆에 누워 크게 팔을 벌

146

렸다. 숨이 하늘까지 닿았다가 내려왔다.

등에 닿은 잔디의 촉감이 좋았다. 흙냄새, 땀 냄새가 좋았다. 진짜 잔디에 누우면 이런 기분이구나. 하늘을 보니 거실 유리창에서 보던 것과도 다르고 모니터에서 보던 하늘과도 달랐다. 그러다 갑자기 엄마 생각이 나서 벌떡 일어났다.

"집에 가야 돼. 늦었어."

나는 허겁지겁 집을 향해 뛰었다. 뛰어가는 내 등 뒤에 대고 설중이가 외쳤다.

"언제든지 이 시간에 오면 나를 만날 수 있어. 다음에 또 같이 놀자."

나는 뛰면서 고개를 돌리고 손을 흔들었다. 엄마 걱정에 마음이 급해서 대답도 제대로 못했다.

아파트 앞에서 엄마가 하얗게 질린 얼굴로 부들부들 떨고 있었다. 밖에 나와서 나를 기다린 것이다. 얼른 달려가 엄마를 안아 주려는데 엄마가 나를 마구 때렸다.

"이 녀석, 정말 이럴 거야, 엉? 또 이럴 거야?"

"미안! 엄마, 미안해. 너무 재미있어서 깜박했어. 미안해, 엄마."

나를 때리던 엄마가 내 몸을 이리저리 만지더니 내 얼굴을 두 손으로 감싸 쥐고 찬찬히 살피며 말했다.

"어디 다친 덴 없지? 없는 거지?"

"에이, 괜찮다니까. 미안해."

"이 흙은 뭐야? 넘어졌니?"

엄마가 내 옷에 묻은 흙을 털어 주면서 물었다.

"나 오늘 친구를 만났어. 아니, 친구는 아니고 그냥 처음 보는 앤데……. 아니다, 친구 해도 되겠다."

엄마가 엘리베이터 쪽으로 걸어가며 말했다.

"그럼 됐다. 얼른 집에 들어가자."

엘리베이터 안에서 나는 가늘게 떨리는 엄마의 손을 잡고 오늘 있었던 일을 미주알고주알 떠들었다. 물론 내가 덩크슛을 했을 때 설중이가 낸 탄성을 과장하면서 말이다.

집에 들어가서야 엄마의 얼굴이 편안해졌다.

"으이그, 이 먼지 좀 봐. 냄새는 또……. 얼른 씻어."

나는 욕실로 떠밀려 들어가면서도 여전히 들뜬 목소리로 설중이 얘기를 했다. 그러는 나를 엄마가 돌려 세우더니 눈에 힘을 주며 말했다.

"또 나갈 건 아니지?"

나는 눈을 동그랗게 떴다. 한 번도 생각해 보지 않았는데, 엄마의 말은 '또 나갈 수도 있다'는 뜻으로 들렸다. 헤어질 때 설중이가 다음에 또 같이 놀자고 했던 말도 생각났다.

'어떡하지?'

내 얼굴을 빤히 쳐다보는 엄마의 눈동자가 흔들렸다. 나는 부랴부랴 욕실로 들어갔다.

"또 나갈 거냐고."

148

"몰라. 내일 봐서."

엄마가 다그쳐 묻는 말에 나는 건성으로 대답했다.

옷을 벗는데 옷에서 설중이 냄새가 났다. 씻을 때는 설중이랑 부딪친 곳으로 자꾸 손이 갔다.

씻고 나서 고글을 쓰고 혼자 농구를 했다. 가짜 진우를 불러내서. 그런데 설중이랑 농구할 때가 자꾸 생각났다. 나는 고글을 벗어 던지고 침대에 몸을 던졌다. 내일이면 더 재미있게 놀 수 있을 테니 얼른 자야겠다고 생각하면서.

아이쿠, 그런데 엄마는 어떻게 설득하나?

김란 ★ 내가 어렸을 때나 지금이나 아이들은 버릇이 없고 세상은 너무 빠르게 변한다. 이제 우리는 가상세계로 들어가는 입구에 있다. 뇌과학의 발전 속도를 볼 때, 인류가 멸망하지 않는다면 몇십 년 안에 인터넷이나 스마트폰을 넘어 직접 뇌에 칩을 연결하지 않을까 생각했다. 그런 세상이라면 어떨까, 어떤 세상이 펼쳐질까, 아이들은 어떻게 놀까를 생각했다. 내 결론은 아이들은 버릇이 없으니까 그 세상에만 갇혀 있지 않겠지,였다. 이 바쁜 세상에서 아이들은 어른들보다 항상 먼저 간다. 그래서 아이들은 버릇이 없다. 그런 아이들이 좋다.

지금부터 진짜

★ 홍유정

엄마, 아빠, 나. 그리고⋯⋯. 우리는 한 식탁에 모였다.

우리 가족의 하루는 엄마가 준비한 아침을 먹으며 시작된다. 아빠는 아침을 먹자마자 출근한다. 엄마는 의사였다. 6개월 전까지는. 하지만 지금은 아니다. 6개월 전 엄마는 나에게 아무런 말도 하지 않고 사라졌다. 그사이 엄마가 무엇을 했는지 나는 알지 못한다.

엄마가 없는 집은 너무나 차가웠다. 아침에는 가사 로봇이 음식을 준비했다. 아빠는 커피만 마시고 출근했고, 난 아무것도 먹지 않았다. 차가운 우유가 싫었다.

그러던 어느 날, 엄마가 돌아왔다. 그리고⋯⋯ 낯선 그 아이가 엄마 손을 잡고 왔다.

엄마가 그릇에 음식을 담아 그 아이 앞에 놓았다. 두 번째 그릇은 아빠 앞에 놓았다. 세 번째 그릇을 자기 앞에 놓고 엄마는 식탁에 그대로 앉았다. 내 앞에만 그릇이 없었다.

"엄마, 난?"

엄마는 날 쳐다보지 않았다. 화가 났나? 아빠는 가끔 내 자리를 물끄러미 바라보았다. 하지만 모두 나를 못 본 척한다. 의자 밑으로 몸이 쑥 꺼지는 것 같았다. 힘 빠진 목소리가 새어 나왔다.

"배고파."

아무도 대답하지 않았다.

갑자기 웃음소리가 들렸다. 맞은편에 앉은 그 아이가 웃고 있었다. 엄마도 아빠도 그 아이만 바라보았다. 그 아이는 내가 가장 좋아하는 초록색 줄무늬 티셔츠를 입었다. 할머니한테 선물 받은 옷이다. 그 옷에 음식을 흘리고는 웃고 있었다. 아빠가 휴지를 가져왔다. 엄마는 서둘러 아이의 입가와 옷에 묻은 음식을 닦았다. 그리고 다정하게 말했다.

"괜찮아. 천천히 먹어."

아빠는 더러워진 화장지를 치우며 아이의 머리를 쓰다듬었다. 아이가 아빠를 쳐다보았다. 눈이 마주친 아빠가 콧등을 찡그리며 짓궂게 웃었다. 나는 안다. 저 표정은 장난칠 때 나에게 보여 주는 표정이다. 나는 갑자기 울고 싶었다.

문득 빈 그릇 소리가 들렸다. 고개를 들어 보니 모두 일어섰다. 나는 급히 엄마 옷자락을 잡으려 했다. 하지만 엄마는 무심히 사라졌다. 엄마는 나를 미워하는 걸까? 날 잊은 걸까?

식탁에는 나만 홀로 남았다. 창밖으로 아빠가 보였다. 그 아이가 엄마에게 안긴 채 "아빠, 다녀오세요!"라고 말했다. 그 아이는 내가 할 말을 하고 있었다. 내가 할 행동을 하고 있었다.

✿

"나우!"

처음 본 사람이 나를 그렇게 불렀다. 그리고 나를 이 집으로 데려왔다. 집에서 기다리던 또 다른 사람은 나를 보더니 잘 돌아왔다고 말했다.

나는 아주 오랫동안 잠을 잤다. 잠자는 동안에 누가 내 방을 들락날락하는 것이 느껴졌다. 아마 나를 '나우'라고 부르는 엄마 아빠일 것이다.

나는 크게 하품을 했다. 내 입이 얼마나 커질 수 있는지 실험하듯이 말이다. 입이 최고로 크게 벌어졌을 때 엄마가 내 방으로 들어왔다. 나를 바라보던 엄마의 두 눈이 동그래졌다.

"나우야, 깨어났구나!"

엄마는 나를 이리저리 살폈다. 이마에 손을 얹어 보기도 하고 팔을 주물러 보기도 하고 눈동자를 자세히 들여다보기도 했다.

나는 엄마 아빠와 함께 이 집에서 지내는 게 많이 어색하고 서툴렀다. 한 번은 내 방을 찾지 못하고 멍하니 서 있기도 했다. 아빠가 왜 그러느냐고 물었을 때 "여긴 어디예요?"라고 말했다고 한다. 왜 그런 말을 했는지 나도 모른다. 그때 아빠가 말해 줬다. 나에게 아주 나쁜 일이 일어나서 깊은 잠을 잤고, 그러다 기적적으로 눈을 뜨게 되었다고. 아빠는 지금 내가 살아 있다는 사실이 중요하다고 했다. 그래서 가끔 깜빡하고 잊어버리는 건 괜찮은 일이라고 했다.

기억이 나진 않지만 곧 내 생일이라고 했다. 내가 사고로 누워 있기 전에, 이번에 받을 생일 선물을 엄마와 미리 약속해 두었다고 했다. 바로 두 발로 직접 페달을 밟아야 하는 구식 자전거란다. 걱정이다. 나는 아직 걷고 뛰는 것이 서투르다. 그런데 자전거라니. 요즘은 다들 전기 자전거를 타는데 난 왜 구식 자전거를 갖고 싶다고 했을까?

요즘은 궁금한 것투성이다. 내가 잘 걷지 못하는 이유가 사고 때문이라는 건 알고 있다. 그런데 어떤 사고를 당했는지는 아무도 말해 주지 않았다. 정신을 잃은 채 오래 누워 있었던 탓에 다리에 힘이 없는 거라고 했지만, 기억까지 모두 사라진 것은 정말 이상한 일이다. 엄마 아빠가 어릴 적 영상을 보여 주기 전에는 우리가 가족이라고 믿지도 않았다. 이런 나를 엄마랑 아빠가 버리지 않고 계속 지켜 줘서 얼마나 고마운지 모르겠다. 그렇지만 옛날 일이 생각나지 않는 것은 너무나 답답하다. 난 도대체 누구였을까?

엄마는 홀로그램을 보여 주면서 옛이야기를 해 준다. 모두 내 어릴 적 모습이었다. 어젯밤에도 이야기를 들려줬다. 아빠랑 캐치볼 하는 것을 좋아했다고 말이다. 그런 기억이 머릿속 어딘가에는 있을 것도 같았다. 하지만 글러브를 만진 순간 던져 버렸다. 거칠고 둔탁한 느낌, 처음 느껴 보는 낯섦이었다.

내가 뒷걸음질하며 어깨를 움츠리자 엄마가 다가왔다. 그러고는 내 어깨에 손을 얹고 웃으면서 "넌 아빠랑 노는 걸 좋아했어."라고 말했다. 나는 잠자코 고개를 끄덕였다. 안 그러면 엄마는 근심 어린 눈으로 또 나에 관한 설명을 할 테니까. 꼭 나우 설명문을 읊듯이 말이다.

오늘은 침대에서 혼자 일어났다. 이젠 집 안에서 뛰다가 넘어지는 일은 거의 없다. 엄마는 회복이 빠르다며 기뻐했다. 시간이 흐르면서 혼자 할 수 있는 게 많아졌다. 이틀 뒤 생일날이 되면 자전거를 진짜 탈 수 있을 것만 같다.

그런데 오후에 엄마가 새로 사다 준 옷으로 갈아입고 큰 거울을 볼 때였다. 옷이 마음에 들어서 나도 모르게 입이 헤벌어졌다. 그런데 거울에 비친 나는 웃지 않는 게 아닌가. 나는 놀라서 입을 크게 벌렸다. 그러자 거울 속의 내가 혀를 쏙 내밀었다.

"야!" 하고 소리치자, "왜?"라고 외치는 내가 보였다.

순간 숨이 멎었다. 너무 놀라서 숨 쉬는 것을 까먹었다. 거울 속의 내 얼굴을 멍하니 바라보다 동그래진 눈을 깜빡거렸다. 눈을 꾹 감고 숫자를 열까지 셌다. 그리고 천천히 눈을 떴다. 흐릿하게 내가 보였다. 숨을 들이마시고 "아." 하고 소리 내어 입을 벌려 봤더니 "아." 하고 입을 벌린 내가 보였다.

"잘못 본 거야. 잘못 본 거겠지? 맞아, 잘못 봤어."

놀라고 긴장한 심장이 아직도 두근거렸다. 숨을 크게 들이마셨다.

"휴……."

마음이 좀 풀렸다. 길게 숨을 쉬고 뒤돌아섰다.

"흐억!"

또 한 번 숨이 멎었다. 눈앞에서 잔뜩 화가 난 내 얼굴이 나를 노려보고 있었다. 내가 엉거주춤하다 엉덩방아를 찧자 나를 못마땅한 듯이 내려다보았다.

"치, 겁쟁이."

나는 너무나 놀라 숨이 멎고, 눈만 깜박거렸다.

"어서 일어나."

그 아이는 쯧쯧 혀를 차며 손을 내밀었다. 나는 얼떨결에 손을 잡으려고 팔을 올렸다. 그러자 아이는 손을 싹 치웠다. 나는 다시 쿵 하고 넘어졌다. 바보가 된 기분이었다. 나는 다리에 바짝 힘을 주면서 일어섰다.

"넌 뭐야? 왜 내 방에 있어?"

"치, 여긴 네 방이 아니라 내 방이야!"

나랑 똑같이 생긴 그 아이가 팩 뒤돌아서며 침대로 뛰어올랐다. 진짜 방 주인처럼 마음대로 구는 게 싫었다.

"야, 내 침대야!"

나는 서둘러 걷다가 그만 다리가 꼬여서 꽈당 넘어졌다. 아픈 무릎을 삭삭 문지르는데, 아이는 그런 내 모습을 비웃듯 실실거렸다.

"치, 걷지도 못하는 게."

눈물이 나오려는 걸 꾹 참았다.

"여긴 내 방이야. 내 방에서 나가!"

갑자기 그 아이의 표정이 굳었다. 눈은 더욱 날카로워졌다.

"아니, 다시 말하는데, 여긴……."

그때였다.

"나우야!"

엄마가 부르는 소리가 들렸다. 계단을 올라오는 엄마 발소리도 들렸다. 그 아이도 느꼈는지 멈칫거렸다. 그러더니 곧 침대에서 뛰어내려 문으로 다가갔다. 나는 방바닥에 앉은 채 그 아이를 지켜보았다. 방문이 열렸다.

"어머, 나우야!"

엄마는 나를 보자마자 급히 다가와 내 몸을 살폈다. 어쩌다 넘어졌는지, 어디 아픈 데는 없는지 물어보며 내 손을 잡아

158

주었다. 나는 엄마 뒤에 가만히 서 있는 그 아이를 보았다. 아이는 울고 있었다. 엄마에게 다가오지 못한 채 울고만 있었다. 그 표정을 잊을 수 없을 것 같았다. 엄마가 나를 잡고 일으켜 세울 때 그 아이가 울먹이며 외쳤다.

"엄마! 나 여기 있어!"

분명 '엄마'라고 불렀다.

"엄마?"

엄마가 내 얼굴을 찬찬히 살폈다. 왜냐고 묻고 있었다.

"엄마를 부르잖아."

나는 울고 있는 아이를 가리키며 엄마에게 아이가 울고 있다고 말했다. 엄마는 당황한 기색이 역력했다. 눈썹이 일그러지며 내 몸을 꽉 잡고는 정신 차리라고 했다. 나는 엄마 뒤에 서 있는 그 아이를 향해 왜 엄마를 부르느냐고 물었다. 엄마는 점점 표정이 굳어지면서 숨이 막힐 정도로 나를 꽉 안았다. 그리고 서둘러 아빠에게로 데려갔다. 울고 있는 아이를 내버려 두고 말이다.

내가 횡설수설한다는 엄마의 말에 아빠 표정도 어두워졌다. 엄마가 진정제를 주사했고, 아빠는 내 가슴을 토닥였다. 나는 깊은 잠에 빠졌다.

잠에서 깨어났을 때는 아침이었다. 그리고 나는 내 침대에 누워 있었다.

아침 식탁에 모두 모였다. 엄마, 아빠, 나, 그리고 슬픈 표정의 그 아이까지. 엄마와 아빠는 어제와 똑같았다. 아빠를 바라보자, 아빠가 찡긋 웃었다. 그 아이를 보지 않았다면 나도 아빠처럼 웃을 텐데, 내 앞에서 나를 바라보는 아이 때문에 웃을 수가 없었다. 화가 났는지, 슬퍼서 울었는지, 아이의 표정이 침울했다.

아빠가 내 의자를 빼 주면서 편히 앉게 도와주었다. 매일 하는 인사도 했다.

"잘 잤어? 오늘은 어때?"

그러고 보니 언제나 똑같은 인사말이었다. 나는 대답 대신 궁금한 것을 물었다.

"아빠, 난 혼자였어?"

아빠는 고개를 갸웃거리며 한참을 생각했다. 그리고 이렇게 말했다.

"아니, 넌 한 번도 혼자인 적 없어. 이렇게 항상 엄마 아빠가 있잖니. 네 옆에 아무도 없다고 생각하지 마. 널 한 번도 잊은 적 없었으니까."

아빠가 하는 말은 참 이해하기 어렵다. 그런데 내 앞에 앉은 그 아이는 고개를 끄덕이며 살며시 웃고 있었다. 조금 전의 표정과는 전혀 달랐다. 그리고 나랑 눈이 마주치자 혀를 쏙 내밀었다.

나는 아빠 팔뚝을 톡톡 치면서 말했다.

160

"아빠, 그럼 쟨 뭐야?"

아빠는 또다시 고개를 갸웃거리면서 물었다.

"응? 누구?"

나는 엄마 옆자리에 앉아 있는 그 아이를 손가락으로 가리켰다. 그러자 엄마가 자리에 앉으려다 말고 나를 지켜보았다. 엄마는 어색하게 웃으면서 더듬거리다가 말했다.

"어, 어. 나우야, 엄마가 여기 앉을까?"

엄마는 그 아이가 앉아 있는 자리에 앉으려고 했다.

"엄마, 안 돼. 거기에 아이가 앉아 있잖아. 안 보여?"

아빠는 내가 내민 손에 숟가락을 쥐여 주고 내가 하는 말을 무시했다.

"나우야, 얼른 밥 먹고 약 먹자. 아직 컨디션이 완전히 좋아진 건 아니니까."

나는 아빠가 무섭게 느껴졌다. 아빠는 아주 다정했지만 내가 모르는 낯선 사람이 된 것 같았다. 아침을 어떻게 먹었는지도 모르겠다. 아무도 말을 하지 않았다. 내 앞에 앉은 그 아이도 고개만 숙이고 있었다.

엄마와 아빠는 오랫동안 조용조용 이야기를 나누었다. 그리고 아빠는 회사에 출근하지 않았다. 엄마 아빠에게 걱정스러운 일이 생긴 것 같았다. 나는 엄마가 준 약을 먹었다. 무슨 일이 있느냐고 물었다. 엄마는 웃었지만, 근심에 찬 표정은 바뀌지 않았다.

나는 일어난 지 두 시간 만에 다시 잠을 자야 했다. 엄마는 어디론가 연락을 했다. 아빠는 내 앞머리를 쓰다듬으면서 나를 재워 주었다. 약 기운 때문인지 눈이 감겼다. 엄마 목소리가 나른하게 들렸다. 듣기 좋았다.

"나우, 잠들었어요?"

"응, 지금 막. 이야기는 끝났어? 박사님이 뭐래?"

엄마 아빠의 말소리가 자장가처럼 들린다.

"모르겠어요. 뭐가 문제인지."

"부작용일까?"

"주입된 기억이 허상으로 보이는 건지도 모른다는데, 정확한 건 아니에요. 어떡하죠? 괜히 불안해져요."

"우리가 잘못된 선택을 한 걸까?"

"그건 아니에요. 우리에겐 나우가 필요해요. 이기적이라고 해도 어쩔 수 없어요."

엄마 목소리가 흐느끼는 소리로 바뀌었다.

"우리 아들로 돌아오기엔 이른 건가?"

"우선은…… 우리, 기다려요. 자, 나우를 봐요. 이렇게 우리 옆에 있잖아요."

엄마 목소리가 점점 흐릿하게 들렸다. 그러나 한 가지 생각만은 또렷했다. 나는 잘못된 선택인 거야.

물속이었다. 움직이고 싶은데 움직일 수가 없었다. 그런데 따뜻한 물이 참 편했다. 눈을 떴다. 뿌연 빛이 아지랑이처럼 일렁거렸다. 그 사이로 두 사람의 형상이 비쳤다. 두 형상이 흔들거리며 이야기를 하고 있었다.

"박사님, 이 아이가 나우의 클론인가요? 저번에 봤을 때보다 많이 컸어요. 생각보다 성장 속도가 빠른 것 같은데, 괜찮은 건가요?"

"성장 속도 맞추는 과정을 거칠 거니까, 걱정하지 마세요."

"정말 나우와 똑같아요."

"기억을 주입하긴 했는데, 모든 기억이 정상적일지는 아직 확신할 수 없어요. 기억이 얼마큼 살아날지도 아직 확실하지 않으니까, 생활하면서 주의 깊게 살펴보도록 해요."

"박사님, 진짜 나우 같아요."

빛이 사라졌다. 목소리도 사라졌다. 따뜻했던 물이 차갑게 바뀌었다. 몸이 점점 굳어 갔다. 숨이 막혔다. 나는 온몸이 흔들릴 정도로 기침을 하면서 일어났다.

기분 나쁜 꿈이었다. 몸도 무겁고 찌뿌듯하다. 엄마가 나를 부르는 소리가 들렸다.

우리는 또다시 식탁에 모여 앉았다. 엄마의 특별 간식을 기다리는 중이었다. 엄마가 두 손으로 커다란 파이를 들고 웃으면서 들어왔다. 아빠가 "우아!"라고 말했다. 그러자 맞은편에 앉아 있는 그 아이도 "우아!"라고 따라 말했다. 나는 '우'까지만 하고 말았다.

엄마가 자리에 앉으면서 나를 불렀다.

"나우야?"

"응."

"응."

그 아이가 나와 동시에 대답했다.

엄마는 나를 바라보면서 생일날 먹고 싶은 게 뭐냐고 물었다. 잘 생각해 보라고도 했다. 나는 아빠처럼 고개를 갸웃거리며 생각하려고 애썼다. 그러자 내 앞에 앉아 있는 그 아이가 대답했다. 나는 얼떨결에 따라 말했다.

"파인애플 파이?"

엄마 아빠의 눈과 입이 크게 벌어졌다.

아빠가 손뼉을 크게 치며 물었다.

"나우야, 어떻게 알았어? 아니, 기억이 나?"

그런 아빠를 보며 내 앞에 앉은 아이가 웃으면서 종알댔다.

"그럼! 내가 파인애플 파이를 얼마나 좋아했는데. 혼자서 다 먹다가 배탈도 났잖아."

엄마는 눈물까지 글썽이고 있었다. 그런 엄마를 보면서 내가 물었다.

"엄마, 파인애플 파이 먹다가 배탈 난 게 언제야?"

엄마의 눈이 더욱 커지면서 입가에 미소가 번졌다. 그때 그 아이가 또 종알대며 말했다.

164

"언제긴, 작년 내 생일이었지."

엄마는 눈물을 닦고 숨을 고른 뒤 말했다.

"나우야, 그게 네 소원이었어. 세상에서 가장 큰 파인애플 파이를 먹고 싶다고 했어."

엄마는 내 눈을 한참 들여다보았다.

"정말로 맛있게 먹었어. 엄만 고마웠지."

그러자 엄마 옆에 있던 그 아이가 엄마를 바라보며 말했다.

"엄마, 그때 먹은 파인애플 파이가 열 조각은 넘을 거야. 그치?"

그 아이도 행복해 보였다. 나를 바라보는 엄마 표정이 내가 행복하다는 표정을 짓기를 바라는 것 같았다.

"엄마, 고마워."

고개를 숙이고 말했지만, 엄마는 그것만으로도 감동했는지 들뜬 목소리가 되었다.

"나우야, 이번 소원이 자전거인 것도 언젠가는 기억이 날 거야!"

나는 고개를 들었다. 정말 궁금했다. 왜 구식 두발자전거인지. 나만 모르는 나에 관한 비밀이 또 있는 것 같았다. 엄마 옆에서 그 아이는 계속 고개를 끄덕이고 있었다.

"엄마, 왜 내 소원이 자전거였는데? 그냥 말해 주면 안 돼?"

엄마는 아빠의 오래된 앨범을 꺼내 왔다. 그리고 사진 하나를 찾았다. 내 또래로 보이는 아이가 커다란 자전거를 탄 채 웃고 있었다. 옆에는 자전거가 넘어지지 않게 붙잡은 아빠 또래의 어른이 서 있었다.

"이 사진에서 아빠를 찾아보겠니?"

아빠는 바로 사진 속의 꼬마였다. 나랑 닮았다.

그 아이가 내 옆으로 다가오더니 손가락으로 사진을 짚으면서 말했다.

"아빠, 이게 열 살 때라고 했지? 나도 아빠랑 똑같이 두발자전거 갖고 싶다고 했는데, 기억나?"

나는 사진 속의 아빠를 손가락으로 가리키며 말했다.

"아빠, 열 살이었어?"

조금씩 기억해 낸다고 여겼는지 엄마 아빠의 표정이 또다시 들떴다. 엄마 목소리가 조금 더 높아졌다.

"나우야, 자전거를 타면 제일 먼저 뭘 할지도 생각해 봤어?"

"그럼, 엄마를 태워 줄 거야. 약속했잖아!"

엄마가 기다리는 대답이 뭔지 알게 됐지만, 나는 대답할 수 없었다. 그 말은 엄마와 그 아이만의 비밀인 거니까. 아무 말도 없이 망설이자 엄마가 웃으면서 괜찮다며 머리를 쓰다듬어 주었다. 내 옆에 있던 그 아이가 엄마 팔을 잡고 나를 바라보았다. 그리고 입 모양으로 말했다.

'내 엄마야.'

그러고 보니 내 앞에 있는 아빠와 엄마, 그리고 그 아이가 가족사진 모습이랑 똑같았다. 그 아이는 내가 모르는 나였다.

그럼 나는 누구지?

샤워하고 나서 젖은 머리를 엄마가 말려 주었다. 머리카락
이 보송보송해지는 느낌이 좋았다. 졸음이 왔다. 고개가 툭 떨
어졌다. 깜짝 놀라 몸을 바로 세우니까 엄마가 웃으면서 안아
주었다. 엄마 품이 따뜻했다. 엄마는 내 방까지 나를 꼭 안고
갔다. 나는 침대까지 가자고 손가락을 뻗었다. 그 손가락 끝에
그 아이가 누워 있었다. 나는 엄마를 꼭 안았다.

"엄마, 엄마랑 자면 안 돼?"

엄마는 웃으면서 내 얼굴을 쓰다듬고 인사한 뒤 방을 나갔
다. 내 옆에 있는 그 아이가 사라진 엄마를 향해 손을 흔들었
다. 나는 이불을 턱 밑까지 끌어 올렸다. 한숨이 나왔다.

"넌 엄마 냄새를 아니? 알겠지. 알 거야."

나는 엄마랑 같이 수영도 했고, 아빠랑 땀이 나게 달리기도
했고, 넘어져서 무릎이 까지기도 했다. 이가 빠져 울기도 했고
빡빡머리가 되기도 했다. 영상 속에서 말이다.

그런데 사실 나는 아무것도 모른다. 물에 뜨는 기분도 모르
고 땀이 날 정도로 달리려면 얼마나 달려야 하는지도 모른다.
내 무릎에는 넘어진 상처도 없다. 엄마하고 같이 잔 적도 없
고, 파인애플 파이를 좋아한다고 하지만 파인애플이 어떤 맛
인지도 모른다. 내 머릿속이 텅 비어 버린 것 같다. 아니, 새까
만 흙으로 꽉 찬 기분이다.

"난 다섯 살 때부터 엄마랑 같이 안 잤어. 대부분 그래. 그래야 빨리 큰다고 했거든."

아이가 나랑 똑같이 턱 밑까지 이불을 끌어 올리고는 옆에서 종알댔다.

"파인애플은 생긴 게 웃겨. 그래서 좋아하는 거야. 꼭 화난 두더지 같거든."

나는 고개를 끄덕였다. 내가 아무 말도 하지 않자 그 아이는 한숨을 쉬더니 계속 말했다.

"난 네가 싫었어. 나 대신 엄마가 널 안아 주는 게 싫고, 아빠가 널 챙기는 게 싫었어. 하지만, 이젠 싫어하지 않을래. 네가 울면 나도 슬퍼져. 네 마음이 느껴지거든. 넌 나니까."

내 마음을 느낀다는 아이의 말이 이해되지 않았다.

"말도 안 되는 소리 하지 마. 넌 내 마음을 몰라. 난 나에 대해서 아무것도 모르는 바보 멍텅구리란 말야."

"아니야. 이젠 내가 알려 줄게. 어떻게 해야 나우가 될 수 있는지."

아이는 나우에 대해 모든 것을 알려 준다고 했다. 나는 나우가 진짜 누구인지 궁금했다.

"도대체 뭘 알려 줄 건데?"

아이는 한참을 생각하더니 이야기를 시작했다.

"나는 아팠어."

아이가 왼손을 들어 손목을 보여 주었다. 붉은 선의 상처가 보였다.

"이건 고양이가 할퀸 상처야. 별것 아닌 줄 알았는데 이 상처가 바로 사고였어."

"고양이?"

"응. 고양이는 보호 대상이라 쉽게 볼 수 없잖아. 그런데 우연히 공원에 있는 쥐똥나무 숲에서 보게 된 거야. 얼른 신고했어야 하는데, 친해지고 싶어서 만지려고 했지. 이렇게 나를 할퀴고 도망갈 줄은 몰랐어. 그리고 난 감염됐고."*

아이는 고통스러워 보였다. 그 고양이에게는 생명을 위협할 만큼 치명적인 바이러스가 있었다고 했다.

"난 엄마 병원에서 오랫동안 혼자 지냈어. 엄마는 나를 살리기 위해 여러 박사님들을 찾아다녔지. 그러던 어느 날, 갑자기 내 몸이 아주 가벼워졌어. 그래서 다 나은 줄 알고 엄마가 보고 싶어 집으로 왔는데, 아무도 나를 못 알아봐. 맞아. 난 죽은 거야."

죽었는데 사라지지 않고 어떻게 여기 있는지 궁금했다.

"난 줄곧 이 방에 있었어. 그러면 가끔 엄마가 찾아왔어. 아빠도 와서 글러브를 만졌어. 날 기다린 거야. 그래서 나도 엄마랑 아빠가 나를 알아볼 때까지 기다렸어."

아이는 엄마가 자기 침대에서 울다가 잠들었을 때 모습을

---

* 존 블레이크 소설 『프리캣』에서 영감을 받았다.

잊을 수 없다고 했다.

"엄마가 널 데리고 오던 날, 나는 너무 화가 났어. 그런데 네가 이 방에서 자는 모습을 보고 알았어. 엄마한테는 내가 아니라 네가 필요하다는 것을 말야."

"듣기 싫어. 그럼 난 뭐야? 난 진짜 뭐야? 도대체 뭐냐고!"

전에 꾸었던 기분 나쁜 꿈이 이제 더는 꿈으로 느껴지지 않았다. 그건 꿈이 아니라 사실이었다. 난 엄마가 필요로 해서 만들어 낸 인형 같은 건가?

"잘 들어. 넌 진짜 나우가 될 거야. 왜냐하면 이제부터 내가 아니라 네가 나우로 살아갈 거니까."

나를 바라보는 아이의 눈이 젖었다. 나는 이불을 머리끝까지 덮었다. 코끝이 찡했다. 이번엔 눈물까지 흐르려고 했다. 아이가 이불 속으로 들어와 말했다.

"넌 예전의 나랑 똑같아. 난 말이야, 울고 싶을 때는 이불을 머리끝까지 덮거든. 네가 이렇게 행동하는 모습을 보면 진짜 나를 보는 것 같아. 난 너한테만 보이는 유령이지만, 너는 진짜 살아 있는 나우가 됐잖아."

똑같다니? 나는 똑같다고 느끼는 게 전혀 없는데…….

"난 과거의 네가 아니야. 확실한 건 난, 난 지금만 있어. 그런데 어떻게 똑같다고 말해?"

나에 대해 이야기해 줘서 고맙지만, 난 아직 준비가 되지 않았다. 아빠는 분명 잘못된 선택이라고 말했다. 그런데 가슴이 두근거렸다. 나는 진짜 나우가 될 수 있을까? 다시 이불을 머리끝까지 덮었다.

두 눈이 퉁퉁 부은 채 식탁에 앉았다. 눈이 자꾸 감겨서 앞이 제대로 보이지 않았다. 아빠가 내 머리를 가볍게 헝클면서 웃었다. 엄마가 내 앞에 접시를 놓았다. 눈을 비비면서 천천히 떴다. 내 앞의 자리가 비었다. 그 빈자리 옆에 엄마가 앉았다. 그러고는 두 눈이 툭 튀어나온 금붕어 같다며 웃었다.

방으로 돌아와 구석구석 찾아다녔다. 옷장을 열어 보고 침대 밑을 살피고 서랍이란 서랍은 죄다 열어 보았다. 그런데 어디에도 보이지 않았다. 도움을 주든 말든 상관없다고 했더니 유령은 진짜로 사라져 버렸다. 유령에게 꼭 보여 주고 싶은 게 있는데 말이다.

"도대체 어디로 간 거지?"

꼭 보여 주고 싶은데…… 공연히 이불자락을 들춰 보았다.

아빠가 나를 불렀다. 오늘은 특별한 날이다. 바로 내가 처음으로 자전거를 타는 날이기 때문이다.

아빠가 두발자전거를 끌고 왔다. 보조 바퀴까지 네발이지만 곧 두발자전거가 될 것이다. 두근대는 심장이 멈추지 않았다.

"나우야, 기분이 아주 좋아 보이는구나."

얼굴까지 발개진 모습이 보기 좋다며 아빠는 내 뺨을 톡톡 두드렸다. 엄마 아빠 그리고 나. 이렇게 셋이 모였다.

"자, 이제 한번 타 볼까?"

아빠가 도와줘서 삼각형 모양의 안장에 올랐다. 심장이 가슴 위로 튀어나올 것 같았다. 네발자전거인데도 중심 잡기가 쉽지 않았다. 아빠가 안장을 꽉 잡아 주는 힘이 느껴졌다. 내 손에서는 땀이 났다. 숨도 쉬지 못할 정도로 긴장되었다. 조금씩 다리에 힘을 주었다. 발을 앞으로 쭉 밀었다. 바퀴가 앞으로 나아갔다. 이제야 겨우 숨이 나왔다. 처음이었다. 이건 내가 처음으로 한, 나만의 처음이다.

"와, 아빠! 내가 했어. 내가 자전거를 탔어. 이건 처음이야."

옆에서 엄마가 내 모습을 사진 찍고 있었다. 나는 웃음이 나왔다. 또다시 자전거 바퀴가 돌았다. 아빠가 손을 놓았다. 그래도 자전거는 계속 나아갔다.

난 시작할 수 있다. 아니, 시작했다.

홍유정 ★ "도대체, 지금 뭘 하고 있는 거야?"
순간 마주치는 당황스런 모습이 있어요. 의미 없는 행동을 하며 시간을 낭비하거나 인생의 즐거움을 잃어버릴 때 말이죠. 그럴 때면 존재하고 있는 지금이 아까워요. 누군가는 자신의 존재를 나타내기 위해 발버둥치고 있을 텐데 말이죠. 나우의 이야기에는 어쩌면 나를 찾기 위해 또 다른 시작을 하려는 제 모습을 담았는지도 몰라요. 그리고 지금 몹시 두근거려요.

미래 상상과 현실 탐구가
만나는 이야기 세상

김이구(문학평론가)

풍성하게 차려진 과학소설의 잔칫상

'한낙원과학소설상'은 우리나라 과학소설의 개척자인 한낙원 (韓樂源, 1924~2007) 선생을 기려서 어린이 청소년 과학소설가를 발굴하고 지원하는 상이다. 한낙원 선생은 1950년대 말 과학소설 발표를 시작한 이래 40년 가까운 기간 동안 왕성하게 작품 활동을 했고, 『잃어버린 소년』 『금성 탐험대』 『인조인간 피에로』 등 많은 작품이 독자들의 사랑을 받았다. 아직도 어린 시절 읽었던 그의 작품을 기억하고 있는 이들이 많은데, 한낙원 선생이 일찍이 어린이 청소년 과학소설을 개척했지만 지금은 어린이 청소년 과학소설이라 하면 오히려 그 상(像)이 또렷하게 그려지지 않는 형편인 것 같다.

매년 나오는 과학소설 작품의 숫자가 얼마 되지 않고, '어린이

'청소년 과학소설'의 범주에서 이루어지는 이론적, 비평적 논의 또한 찾아보기 어렵다. 이런 실정에서 창작자나 독자 모두 선뜻 걸음을 내딛기가 어려울 수밖에 없다. 어떻게 써야 할지, 어떤 작품을 찾아 읽어야 할지, 또 과학소설이 어떤 의의가 있고 가치가 있는 것인지 막연하게 느껴지기 십상이다. 한낙원과학소설상은 이러한 상황에 숨통을 틔우기 위해서 과학소설에 뜻을 둔 예비 작가나 신인 작가들에게 마당을 활짝 열어 놓고 있다. 일반 공모나 출판에서 과학소설이 배제되는 것은 아니지만, '어린이 청소년 과학소설' 장르만을 공모하여 시상하는 것은 과학소설 창작에 집중할 수 있는 여건을 마련한다는 점에서 의미가 깊다.

제1회 한낙원과학소설상 작품집인 『안녕, 베타』는 모처럼 차려진 풍성한 과학소설의 잔칫상이라 하지 않을 수 없다. 마당이 펼쳐지니 이처럼 흥미롭고 매력적인 이야기들이 모였다. 수상작인 「안녕, 베타」를 비롯해 수상 작가의 신작, 다섯 편의 우수 응모작 등 모두 일곱 편의 이야기가 형형색색으로 잔칫상을 수놓는다.

복제 인간과 청소년의 자아 찾기

어린이 청소년 과학소설이 당연히 갖게 되는 특성일까? 크게 보면 청소년의 정체성 찾기, 자아 찾기로 수렴될 만한 이야기들이 많다. 로봇 이야기나 인조인간 이야기에 여러 작가들이 도전하고 있는 것은 이런 주제와 관련된 관심 때문인 것으로 보인다.

「안녕, 베타」(최영희)는 자신과 꼭같이 복제된 '대체 인간'과 어떤 관계를 이루며 살아갈 수 있을까를 다루고 있다. 제품명 'TXR0091-베타진아'는 열여섯 살 진아가 해야 할 궂은일들을 대신 하게 하려고 진아 아빠가 주문한 대체인간이다. 그런데 베타진아의 행동에서 진아는 혼란을 느낀다.

또 하나의 당신이란 말은 거짓이었다. 아까 녹물 웅덩이에서 베타의 손을 잡았을 때 진아가 본 것은 그저 진아를 본떠 만든 대체 인간의 눈빛이 아니었다. 난처함과 염려가 갈마들던, 미안해서 어쩔 줄 모르던 타인의 눈길이었다. 베타는 진아의 대체물이 아니라 전혀 다른 존재, '남'이었다. 그건 34개월이나 남은 할부금과는 눈곱만큼도 어울리지 않는 깨달음이었다. (…) 대체 인간이 프로그래밍된 업무를 수행한 게 아니라, 베타라는 아이가 진아를 대신해 수학여행을 가고, 워크숍을 하고 밤마다 이층 침대 위 칸을 차지하고 있었던 것이다. (17면)

진아는 베타가 명령에 따라 움직이지만 동시에 독립적인 자아를 갖고 있는 존재임을 알아차린다. 진아는 베타를 따라 빈민가까지 가서 다른 세계를 보게 되고, 그때 베타는 진아에게 악차이 할아버지를 찾아가겠다고 말한다.

"바이오칩을 제거한 뒤에는 뭘 하고 싶은데?"

"악차이 할아버지한테 부탁해서 다시 한 번 리뉴얼해 달라고 할 거야. 지금과는 다른 모습으로."

"어떤 모습?"

"구체적으로 바라는 건 없어. 그냥 사람들 눈에 띄지 않는 평범한 외모면 돼. 쫓겨 다니지 않고 사람들 틈에 묻혀 지내고 싶어. 그래야 내가 누군지, 앞으로 어떻게 살아야 할지 생각할 시간이 생길 테니까."(27면)

「안녕, 베타」는 대체 인간인 베타의 홀로 서기를 그린 이야기인 동시에 진아의 홀로 서기를 그린 이야기이기도 하다. 진아가 베타를 자유롭게 해주어 베타가 원인간인 진아의 울타리를 벗어나는 것은 곧 진아가 대체 인간의 도움을 받아서 시민 등급을 높이는 것을 포기하고 자신의 힘으로 모든 일을 감당하는 것을 뜻하기 때문이다. 자신을 본떠 복제됐지만 대체 인간이 아니라 '베타라는 아이'임을 안다는 것, 그 인식은 진아에게 베타를 더 이상 구속할 수 없게 하였고, 복제된 존재인 베타는 "앞으로 어떻게 살아야 할지 생각할 시간"을 얻고 자신의 삶을 선택하고 개척해나간다. 이는 '대체 인간'이라는 미래의 과학적 가능성이 실현된 세계를 상상함으로써, 대체 인간과 맺는 관계의 실험을 통해 청소년의 자아 찾기와 홀로 서기를 자연스럽게 그린 것이라 할 수 있다.

베타는 복제된 인간이면서 복제된 인간을 넘어 독립적인 자아를 발달시켰다. 그러나 과연 인간의 복제가 잘 이루어질 수 있을까 하는 의문을 품어 볼 수도 있다. 「지금부터 진짜」(홍유정)는 그런 질문을 바탕으로 한 작품이다.

클론으로 탄생한 나우가 '진짜 나우'가 되기 위해서는 나우의 기억을 모두 회복해야 한다. 복제된 아이와 본래 아이의 유령이 교섭하는 이야기는 신선하며, 정교하게 점층적으로 전개된다. 유령이란 단지 복제된 나우의 기억이 정착하는 과정에서 나타나는 환영이라고 설정할 수도 있을 것이다. 클론이 겪는 심리적 혼란의 묘사가 생생하고, 나우가 어떤 아이인지 차츰차츰 드러나는 것도 흥미롭다. 나우의 부모는 아들을 되살리고 싶은 열망으로 나우를 복제했고, 나우의 기억이 살아날수록 진짜 나우로 받아들이게 된다. 끝은 해피엔딩이지만, 결과가 나쁠 수도 있지 않을까. 또한 뒷이야기로, 아들로 받아들인 클론과의 관계가 변함없이 유지될까 하는 문제를 상상해 보는 것도 재미있겠다.

사람의 친구, 로봇

「엄마는 차갑다」(경린)는 엄마 로봇이 등장하는 이야기다. 이 엄마 로봇은 「안녕, 베타」의 대체 인간이나 「지금부터 진짜」의 클론처럼 완전한 인격체가 아니다. 엄마와 비슷하지만 또 다른 점도 많을 때 아이가 엄마 로봇을 어떻게 받아들이는가를 엿볼 수 있는 작품이다.

엄마가 없는 자리에 온 엄마 로봇 M101은 외모와 목소리가 엄마와 거의 같지만 따뜻한 체온을 지니지는 않았다. 그렇지만 '나'는 로봇 엄마의 방에서 로봇 엄마를 껴안고 함께 자고, "엄마한테 로봇이니 고물이니 그런 말 하지 마. 엄마는 로봇이 아냐. 고물은 더더욱 아니고."(120면)라고 할 정도로 애착 관계를 형성한다. 그러나 충전 중인 상태의 로봇 엄마를 보았을 때, 그리고 폭발로 팔이 부서진 상태를 보았을 때는 엄마 로봇에게서 심하게 이질감을 느낀다. M552는 발전된 엄마 로봇으로 따뜻한 체온을 지녔고 요리도 훨씬 잘하지만 엄마 목소리와 엄마 얼굴을 지니지는 않았다. 이제 '나'는 더 이상 로봇을 엄마라고 부르지 않는다. 아이들이 엄마와 어떤 지점에서 애착 관계를 형성하는지를 엿볼 수 있는 작품이다. 엄마 로봇의 주체성이나 자아에도 주의를 기울이고 있는 것은 아니며, 성장기의 아이에게 로봇이 엄마의 자리를 얼마나 대치해 주는가, 그 과정에서 아이는 어떻게 엄마로부터 독립해 가는가를 다루었다.

「레트와 진」(이인아)은 위와 같은 작품들에 비해 이색적이다. 사람이 아니라 두 마리의 개를 주인공으로 삼은 것도 독특하지만, 무엇보다도 정교하고 세련된 묘사가 주는 울림이 독자의 가슴을 야금야금 파고들 정도로 대단하다. 택배 상자에서 레트와 진이 잠에서 깨어나는 장면부터 손에 잡히게 묘사가 생생하며,

소년이 원반 던지는 시늉만 해도 달려 나갔다. 원반이 하늘을 가르고 있을 때 그 아래에는 늘 원반보다 빠르게 달리는 레트가 있

178

었다. 원반과 달리기 경쟁이라도 하듯 레트는 언제나 원반보다 앞서 있었다. 달리는 모습만큼은 공원에 있는 사람들의 작은 탄성을 이끌어 낼 만큼 멋졌고, 원반이 떨어질 때쯤이면 저 개가 얼마나 멋진 점프로 잡을까 기대에 차게 했다.

(…)

레트는 멋지고 웃겼다. 그리고 언제나 실패했다. 그래서 사람들이 더 좋아했다. 재미있는 것은, 레트가 이런 상황을 즐기는 듯 보인다는 것이었다. 떨어진 원반을 물고 소년에게 돌아올 때면 콧대를 잔뜩 세우고 거드름 피우듯 천천히 걸어왔다.

진은 소년이 원반을 던진 순간에 뛰어나갔다. 바람을 가르는 소리를 듣는지 어쩌는지 모르겠지만, 뒤를 돌아보거나 확인하지 않고도 원반의 위치를 항상 정확하게 파악했다. 원반을 잡을 수 있는 정확한 지점에서 점프해 단 한 번에 물고 착지했다. 노련한 럭비 선수처럼 한 치의 실수도 없었다. (95~96면)

레트와 진이 공원에서 소년과 즐기는 놀이 장면은 더한층 박진감이 있을뿐더러 각각의 특성을 섬세하게 그려 보인다. 둘 중 하나는 안드로이드 펫인데, 과연 레트일지 진일지 궁금증은 쉽사리 풀리지 않는다. 소년의 정체도 자세히 드러나지 않는다. 원반은 잔디 깎는 기계의 칼날 위로 떨어졌고, 레트가 원반을 물자 진은 레트를 밀쳤다.

큰 부상을 당했던 두 마리 개가 수리되고 치료를 받아 다시 택

배로 배송되자, 소년은 "기억을 떠올릴수록 두 마리 털북숭이를 껴안고 싶은 마음과 절대로 깨우지 말아야 한다는 마음이 엇갈려"(105면) 망설인다. 소년의 손에 남은 마른 살점과 합성 금속 조각의 존재처럼 둘은 차이가 있지만, 소년은 "자신의 모든 사랑과 다짐과 간절함"(106면)을 둘에게 똑같이 기울인다. 안드로이드 펫이 사람의 친구가 되었을 때의 세계상에 대한 하나의 정교한 관점이다.

미래 상상과 오늘의 재조명

「지구인이 되는 법」(권담)은 먼 미래의 우주여행을, 「내 맘대로 고글」(김란)은 무엇이든 다 해 주는 만능 고글을 다루고 있어서 앞의 작품들과는 다른 분위기로 다가온다. 이야기를 따라가다 보면 과학이 발달한 미래 사회에 인간이 어떤 환경에서 어떤 방식으로 살아가게 될는지 흥미롭게 들여다볼 수 있다.

「지구인이 되는 법」은 태양계 밖의 행성 뉴글로브로 이주하는 지구인들과 달리 꿈을 품고 다시 지구로 돌아오는 사람들의 이야기다. 우주 개척이 아니라 우주에서 역으로 귀환한다는 설정이 흥미롭다. 지구에서 장대높이뛰기 선수로 성공하고 싶은 준하는 엄청난 요금을 내고 동면을 하면서 30년간이나 항해하여 지구로 가고 있다. 태양계가 멸망하리란 예측은 빗나갔지만 식민회사는 지구인들의 뉴글로브 이주를 부추기는데, 뉴글로브인들은 식민지 행성에 태어난 것을 억울해하는 사람들이 많고 그들은 지구로 가고자 온갖 노력을 기울인다. 마지막 장면에서 그 욕망과 노력의 이면이 밝혀지는바, 불법적인 인간 복제를 이용하고 있다. "장대만 있으면 그냥 뛰는 것보다 훨씬 높이 뛸 수 있지 않나? 내 아이가 더 높이 뛸 수 있다면 기꺼이 장대가 되어 주려는 게 부모 마음"(85면)이라는 말에서 드러나듯, 자식을 이등 시민에서 벗어나게 하려는 부모의 욕망과 희생을 다룬 이야기로 흘러간다.

「내 맘대로 고글」은 두뇌 인식 칩에 연결된 고글이 실현하는 가상현실에 폭 빠져 사는 '나'가 칩의 고장으로 예기치 않은 외출을 하게 되는 이야기다. "집에서 고글만 쓰면 나오는 세상, 내가 만들 수 있는 세상, 그래서 암벽 등반도 하고 거친 파도에 맞서는 선장도 되고 학교 수업도 받는"(137~138면) '진짜 세상'을 벗어나, 유리창을 통해 내다보던 '가짜 세상'으로 외출해서 소년을 만난다. 그리고 공을 뺏고 뺏기면서 이제껏 알던 고글 세상 속의 농구가 아닌 실제 농구를 소년과 함께 즐긴다.

온몸이 땀으로 범벅이 되어 같이 뛰다가 설중이가 지쳐 잔디에 큰대자로 누웠다. 나도 설중이 옆에 누워 크게 팔을 벌렸다. 숨이 하늘까지 닿았다가 내려왔다.

등에 닿은 잔디의 촉감이 좋았다. 흙냄새, 땀 냄새가 좋았다. 진짜 잔디에 누우면 이런 기분이구나. 하늘을 보니 거실 유리창에서 보던 것과도 다르고 모니터에서 보던 하늘과도 달랐다.

(146~147면)

이렇듯 새로운 감촉, 새로운 냄새, 새로운 기분을 맛본 '나'는 아빠가 교통사고로 죽은 후 9년이나 빠져 있던 고글과 입체 영상기에서 해방되어 바깥세상으로 나오게 된다.

과학소설은 대개 과학기술이 발달한 미래 사회의 여러 가지 변화된 삶의 조건을 상상하고 형상화하여 그 속에서 인간이 어떻게 살아가는가를 그려낸다. 연구나 철학이 아니고 문학의 한 장르인 만큼 무엇보다도 경이롭고 흥미로운 이야기를 펼쳐야 하는 것이 관건이다. 그런데 미래에 대한 상상과 탐구는 종종 오늘의 현실에 대한 재조명으로 귀결된다. 현실의 문제의식에서 출발하여 미래를 상상하고, 미래에 대한 상상은 다시 현실의 재조명이나 재발견을 이끌어 내는 순환이 발생한다.

「내 맘대로 고글」에서 잔디밭 농구 골대에서의 농구 연습, 「지구인이 되는 법」의 장대높이뛰기 스포츠, 「지금부터 진짜」의 자전거 타기 등은 오늘의 재조명으로서 생동감이 있으며 작품에서 핵심적인 요소로 기능한다. 「전설의 동영상」(최영희)의 경우는 포틴스라는 뇌 조절 장치를 시술한 청소년들의 이야기를 위트와 해학으로 전개하는데, 사춘기 청소년의 감정과 욕구를 억누르는 오늘의 우리 사회 현실을 그대로 그려 보인 것이라 해도 무방한 작품이다. 순치되지 않는 청소년들의 싱싱한 욕망과 돌진에 희망을 걸고 있다.

과학소설이 현재의 재조명을 포함하는 것은 당연하고도 의미

있는 일이지만, 인식 지평을 새롭게 하지 못한다면 자칫 오늘의 현실에 대한 상투적인 묘사를 모양만 바꿔 놓아 제시한 차원으로 떨어질 수도 있다. 신인들은 더욱 경계할 지점이다.

한낙원과학소설상이 불러낸 이야기의 잔칫상. 어린이 청소년 과학소설의 길을 찾아가는 젊은 작가들의 발랄한 상상력과 이야기 솜씨가 입맛을 돋운다. 꼭 과학소설에 관심이 있는 청소년이 아니더라도 골치 아프지 않고 술술 재미있게 읽을 수 있는 작품들이 풍성하다. 읽다 보면 사람이란 무엇인가, 사회란 무엇인가, 어떻게 살아야 하는가를 생각하게 되기도 한다. 또한 속이 후련해지고, 마음의 주름이 펴지는 순간도 있을 것이다.

안녕, 베타

2015년 12월 15일 1판 1쇄
2023년 6월 30일 1판 7쇄

지은이 최영희·권담·이인아·경린·김란·홍유정

편집 김태희·배정옥·나고은 | **디자인** 백창훈
제작 박홍기 | **마케팅** 이병규·이민정·최다은·강효원 | **홍보** 조민희

인쇄 코리아피앤피 | **제책** J&D바인텍

펴낸이 강맑실
펴낸곳 (주)사계절출판사 | **등록** 제406-2003-034호
주소 (우)10881 경기도 파주시 회동길 252
전화 031)955-8588, 8558 | **전송** 마케팅부 031)955-8595 편집부 031)955-8596
홈페이지 www.sakyejul.net | **전자우편** literature@sakyejul.com
블로그 blog.naver.com/skjmail | **페이스북** facebook.com/sakyejul | **트위터** twitter.com/sakyejul

ⓒ 최영희·권담·이인아·경린·김란·홍유정 2015

ISBN 978-89-5828-926-5 44810
ISBN 978-89-5828-473-4 (세트)